蓮《はす》池《いけ》春《はる》香《か》
「ほら、千夏。こーへいが離してってって言ってるよ？」
言いながら、春香が甘えるように
ぎゅっと身体を寄せてきた。

広《ひろ》瀬《せ》航《こう》平《へい》
相《あい》沢《ざわ》千《ち》夏《なつ》
「春香こそ、
まるでオオオナモミ
みたいですよ？」
それに対して、
千夏も負けじと俺にくっついてくる。

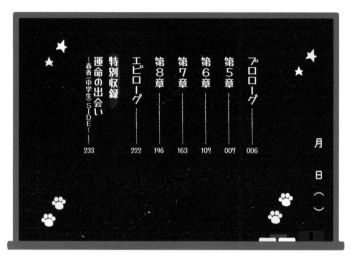

子犬を助けたらクラスで人気の美少女が俺だけ名前で呼び始めた。「もぅ、こーへいのえっち……」2

マナシロカナタ

BRAVENOVEL
ブレイブ文庫

【プロローグ】

『……実のところさ。好きって気持ちが、好きになるって気持ちが今の俺にはよくわからないんだ』

深夜の住宅街で俺こと広瀬航平《ひろせこうへい》は、子犬を助けたことが縁で仲良くなった蓮池春香《はすいけはるか》——春香に今の素直な気持ちを伝えた。

『そっかぁ……でも好意を持ってもらえてるんなら、まだまだわたしにもチャンスありってことだよね。だったら今はそれでいいかな』

そんな俺に、春香は今は現状維持でも構わないという優しい答えを返してくれた。

その後、春香が不意打ちのキスをしてきたこともあって、俺たち二人の心の距離はグッと縮まることになった。

【第5章】

■4月27日■

その翌日。

心の距離が縮まったとはいっても、すぐに付き合うとかそういったことに発展することはまだまだなく。

いつも通りに高校での授業を終えた頃には、すっかりギクシャク感もなくなっていた――そんな、昨日までとは少しだけ違った、だけど大きくは変わらない放課後の帰り道。

今日も今日とて、季節外れの暑さが続いていたこともあって、俺と春香はアイスを買いにスーパーに寄ることにした。

アイス売り場に来ると、春香がハーゲンダッツを冷凍ケースから取り出して満面の笑みで言った。

「ダッツーの♪」

春香はハーゲンダッツを持ちながら、両の二の腕で胸を挟んで、ことさらに強調するようなポーズをとる。

男の子的には嬉しいんだけど、視線のやり場に少々困ってしまう。

「え、あ、うん？」

しかし強調された胸をついつい見てしまった以外に、俺の反応は極めて薄かった。

というか、今の春香のセリフとポーズの意味がイマイチよくわからなかったので、反応しようがなかったのだ。

「ダッツーの♪」

反応の薄い俺に対して、春香はノリノリでもう一度同じフレーズとポーズを繰り返す。

だから胸をいたずらにアピールするのはやめてくれないかな？

俺も男の子だから、アピールされるとどうしても見ちゃうだろ？

男の子の夢と希望とロマンが無限に詰まった魅惑の膨らみに、視線が全部くぎ付けになっちゃうだろ？

春香の胸はその、結構大きいんだしさ。

「ごめん。春香がなにを言いたいのかが、サッパリわからないんだ」

俺は必死に雑念を振り払って春香の胸から視線を引きはがすと、正直に伝えた。

「今のは『だっちゅーの』とハーゲンダッツをかけたんだよー♪」

しかし春香からは、やっぱり意味のわからない答えが返ってくる。

「えーとだな。そもそも『だっちゅーの』っていうのは何なんだ？」

「ええっ、知らないのこーへい。二十五年くらい前に流行語大賞にもなったフレーズなのに」

「生まれる前の流行語とか言われてもな……」

二十五年もあれば、生まれたばかりの赤ちゃんが成長して大人になって、結婚して子供ができるくらいの年月だぞ？

　普通はそんなの知らないだろ？

　春香は雑学王にでもなりたいのかな？

「ううっ、こーへいとのジェネレーションギャップを感じるよ。わたしもおばさんになっちゃったのかな……」

「俺たち完全に同い年だよな？　もしかして春香は人生二周目なのか？」

「まぁそれは別にどうでもいいんだけどね」

「どうでもいいんかい」

「実はね、そろそろゴールデンウィークだから五月分のお小遣いを早めに貰えたの。だから今日はこーへいにダッツを奢ってあげようと思ってるんだよねー。前にパ○コを奢ってもらったし、そのお礼ってことで」

　さすが花の女子高生、切り替えが実に早かった。

　さっきのネタがわからなかったらわからなかったで、特にそれ以上は俺に説明しようという気はないらしい。

「いやいや。冷静に考えてダッツとパ○コじゃえらい違いだろ、値段的な意味で。ナチュラルに2倍くらいするぞ？」

「奢られたら奢り返す、倍返しだ！」

春香がグッと親指を立てながら、どや顔で言った。

「そこまで言うなら……ごちになります！」

せっかくの好意を無下《むげ》にするのはよくないよな。

「うむうむ、苦しゅうないぞ」

「実はダッツはあんまり食べたことないから、食べるのがちょっと楽しみなんだよな。ほら、小さい割に高いからさ」

「あはは、男子は大きくて安いのが好きだもんね。コスパ最優先って感じ」

「女子は小さくて高いのでもあまり気にしないよな。さてと、どれにしようかな」

春香の好意に甘えることにした俺は早速、冷凍ケースにずらりと並んだ色とりどりのハーゲンダッツを見渡した。

何味にするかしばし悩んでから、名前からしていかにも高級感溢れるリッチミルク味をチョイスする。

「リッチミルクにするの？」

「だめか？」

「ううん、全然。超美味しいよ、濃厚ミルクって感じで。ダッツマイスターのわたしが保証してあげる」

「ダッツマイスターさんに保証してもらえるなら心強いな。それで春香は何味にするんだ？春香もリッチミルクか？」

「リッチミルクも好きだけど、わたしはダッツはストロベリーが一番推しなんだよねー」

春香は最初に取り出して『ダッツーの♪』をしてからずっと持っているストロベリー味をそのまま選ぶようだ。

「それじゃあお会計してくるから、イートインの席を取っててくれる？」

「了解」

ダッツ2つを春香にまとめてお会計してもらってから、俺たちは前にパ○コを半分こした時と同じように、スーパーのイートインで涼みながらアイスを食べ始めた――――んだけど。

「こーへい、はい、あーん♪」

「おうえええぇぇっ!?」

ガタッ、ゴトッ！

のっけから派手な音を立てて俺は席から立ちあがってしまった。

いったい何ごとかと、一手に俺へと集まった周囲の視線に対して、俺は愛想笑いをしてぺこぺこと頭を下げながら、再び座り直した。

「なにその反応、ちょお傷つくんだけど。ひどいよ、そんなに嫌だったの？」

春香が、それはもうしょんぼりとした顔を向けてくる。

「嫌っていうか……だってほら、人がいるじゃないか」

イートインは混雑しているとまではいかないが、そこそこたくさん人がいる。

「夕方のスーパーのイートインだもん、人くらいいるし」

「そうじゃなくて、ここは地元だぞ？　知り合いの母親とかで俺たちのことを知っている人がいるかもしれないだろ？　そんなところで『あーん』とかやって、巡り巡って親に知られたら死ぬほど恥ずかしいだろ？」

　俺の指摘は至極当然だったと思う。

　だけどすっかりアオハルモードになってしまっている春香には、まったく通じはしなかった。

「それくらいいいじゃん別に。ってわけだから、はい、あーん♪」

「えー……」

「はい、あーん♪」

「いや、その……」

「ほら、こーへい。早くしないとアイス溶けちゃうでしょ？」

「うぐ……わかったよ」

　せっかくのダッツが溶けてしまったらもったいない。

　ダッツに罪はないもんな。

　俺は覚悟を決めると、春香の差し出したスプーンをパクっと口に入れた。

　すぐにストロベリーの爽やかな甘みが口の中に広がっていく。

「どう？」

「さすがダッツだ、すごく美味しい。でもやっぱりすごく恥ずかしいかな」

「ふふっ、わたしたちバカップルみたいだね」

「みたいじゃなくて、これは完全にバカップルだよ。どこからどう見ても正真正銘のバカップルだよ」

「ヘタレなこーへいを攻略するには、こうやってこっちから積極的に距離を詰めていかないといけないからね♪」

深夜の告白大会の時に言ったセリフを、春香が繰り返す。

「これはちょっと積極的すぎるような……」

「じゃあ、今度はこーへいの番ね。わたしにあーんしてね♪」

しかし春香は、俺の指摘を再び右から左に聞き流すと、餌をねだるひな鳥のように可愛らしく口を開けた。

「マジか……」

「あーん♪」

くっ、さっきから周囲の視線が本当に痛い。

スーパーのイートインで何してるんだこいつらは、って絶対に思われてる。

つまり長引かせれば長引かせるほど、どんどん恥ずかしくなってくる状況だった。

そして春香は頑として引く気はなさそうだ。

ならもう、やるしかないじゃないか！

「あ、あーん……」

俺はリッチミルクなダッツをスプーンですくうと、春香の口元へと差し出した。

「はむっ。うん、美味しっ♪　濃厚なミルク味♪」

それを嬉しそうに咥えた春香は、満足そうな顔をしながら、ぺろっと舌で唇についたアイスを舐めとった。

俺のリッチな白濁ミルクを舐めとるのが、なんていうかこう、すごくえっちでした！

なんとも言いようのないムラムラがこみ上げてくるのを感じながら、思わず春香の口元に見とれてしまっていると、

「どうしたのこーへい？　わたしの顔をまじまじ見ちゃって。あ、もしかして可愛すぎて見とれちゃってたり？　いやーん」

ほっぺに手を当てた春香が、座ったままでくねくねと身体を揺らし始める。

『そのまさかだよ！　唇についた濃厚白濁ミルクを舐めとる春香がエロすぎなんだよこんにゃろ！　そんなもんを見せられた純情男子高校生の気持ちを、少しは考えろよな！　この前のキスとか思い出しちゃうだろ！』

などとは、もちろんヘタレの俺に言えるはずもない。

「はいはい、可愛い可愛い。春香は可愛いね。世界で一番可愛いよ」

俺はことさらに無関心を装ってぶっきらぼうに言いながら、心に湧き起こるイケナイドキドキを必死に押し殺した。

「ぶぅ、なにそれ。ちょお適当だし。それじゃモテないぞー」

「ぐぬ……」

春香の鋭い切り返しに、ぐうの音《ね》しか出ない俺。

「でも、そっちのほうがこーへいらしいよね」

「へいへい、どうせ俺はヘタレでモテませんよ」

「うん♪　チャラチャラした歯の浮くようなセリフを言えないヘタレなこーへいが、わたしは大好きなんだもん♪」

「だからスーパーのイートインでそういうことは言わないでおこうな！」

お母さま方の井戸端ネットワークは、それはもう至るところに張り巡らされているんだぞ？

「あ、こーへいが照れてるし。顔あかーい♪」

「そういう春香だって顔が真っ赤だからな？　照れてるのが丸わかりだからな？」

「そんなの当たり前じゃんか。だって、こーへいに世界で一番可愛いって言われたんだもん♪」

春香がそれはもう嬉しそうに微笑んだ。

その表情たるや、人気アイドルのように可憐で魅力的で可愛らしくて、

「お、おう……」

俺はその素敵な笑顔を見つめ返したままで、気の利いたことも言えず。

ただただ、高鳴る胸の鼓動を抑えるので精一杯だった。

そんな俺を、春香は頬を染めながら静かに見つめてくる。

さっきまでバカ話をしていた俺と春香の間を、沈黙が支配する。

スーパーの喧騒がどこか遠くに聞こえた。

だけどその沈黙は、ちっとも嫌なものじゃなかった。

穏やかな春の風に舞うタンポポの綿毛のように、心がふわふわとするこそばゆい空気の中で、しばらく春香と二人で見つめ合っていると、夕方5時を告げる館内放送が鳴った。

「も、もう五時か。アイス食べないと溶けちゃうよな」

「そ、そうだよね。溶ける前に早く食べないとだよね！　SDGs《エスディージーズ》だもん！」

「それ、環境を大切にしましょうって、世界的な目標のことだっけ？　まぁ、せっかく冷やしたアイスを溶かしちゃうのは、環境負荷と言えなくはないのかな……？」

「もう、それはいいじゃんか。ほら、食べよっ♪」

俺たちはダッツを食べるのを再開した。

「時間が経って端っこが少し溶けたアイスって、カチコチに固まっていた時とはまた違った美味しさだよな」

「わかるー。溶けかけアイスって美味しいよねー」

また普通に話し始めた俺たちだったけど、春香の顔はまだ赤いままだった。

俺の顔も多分まだ赤かったと思う。

そのままとりとめもないことをだべってから、俺たちはスーパーのイートインを後にした。

春香と一緒にいるのは楽しいな、と俺は改めて感じていた。

■4月28日■

明日からゴールデンウィークが始まる――といっても、高校生の俺たちはひとつの大型連休ではなく、休日と休日の間にある平日は、普通に授業があるんだけれど。

ともあれ、いつになく気分も軽やかな高校からの帰り道。

「あ、そうだ。危うく言い忘れるとこだった。ねぇねぇこーへい、ゴールデンウィークって暇だったりする？」

春香が思い出したように俺の予定を尋ねてきた。

「特に予定はないぞ。高校初日がアレだったから、春香以外にはあんまり遊ぶ友達もいないしな」

「あはは……まぁおかげで、こうしてこーへいと仲良くなれたんだし、結果オーライってことで」

「だな」

春香みたいな可愛い女の子と特別に仲良くなれたんだから、友達があまりいないなんてことは、差し引きしたら余裕で元が取れる。

「じゃあさじゃあさ？　明後日とか空いてる？」

「もちろん空いてるぞ。それがどうしたんだ？」

「実はラウンドワンコの屋内スポーツ施設の無料券があるんだけど、もうすぐ使用期限が来るから一緒に行かないかな、って思って」

「マジで？　行く行く！　あれって、バッティングセンターとかいろんなスポーツ施設が遊び放題なんだろ？　一度行ってみたかったんだよなぁ」

ラウンドワンコは、犬がお座りをした絵柄のボウリングのピンのマークで有名な屋内アミューズメントパークで、この辺りだと数駅隣の駅前にカラオケやボウリングなど様々なアミューズ施設が入った大きなビルが立っている。

「じゃあ明後日に一緒に遊びに行くってことでいいかな？」

「明後日な、了解だ。待ち合わせ時間とかはどうする？」

「営業時間とかもあるし、その辺はまた後でラインで決めよっ♪　それと動きやすい服装で来てね。靴はスニーカーがマストだから」

「それも了解」

「ふふっ、久しぶりのこーへいとのデート楽しみだなぁ」

春香が散歩で久しぶりに遠出をした子犬のような、ワクワク顔で嬉しそうにつぶやいた。

というわけで、ゴールデンウィークに俺は春香とラウンドワンコでスポーツデートをすることになった。

■4月30日■

そして迎えたデート当日。

俺は少し早めに――約束の時間の十五分前に、待ち合わせ場所の駅前へとやってきた。

周囲をぐるっと見回してみても、春香の姿はまだどこにも見当たらない。

「よしよし、春香はまだ来てないみたいだな」

俺たちは川を挟んだ実質「お向かいさん」だし、一緒に家から行くものだとばっかり思っていたんだけど、

『せっかくだし駅前で待ち合わせしようよ？　家から一緒だといつも高校に行くのと変わらなくて、デート感が減っちゃうと思わない？』

待ち合わせ時間を決める時に、春香にそんな提案をされたのだ。

言われてみれば一理ある――どころかおおいに納得だったので、こうして別々に家を出て、駅前で落ち合うことにしたのだ。

そして男子たる者、待ち合わせをした以上は女の子を待たせるなんてもっての外《ほか》だ。

そんなことを考えていると、たいして待つこともなく、

「こーへい、おはよー♪」

春香が手を上げながら、待ち合わせ場所へと小走りでやってきた。

「おはよう春香。別に走らなくてもいいんだぞ」

「ううん、待たせたら悪いもん。でも、わたし結構早めに来たつもりなんだけど、もしかして待たせちゃったり？」

「いや、今ちょうど来たところだよ」

「ほんと？」

「ほんとほんと。そもそもの話、まだ待ち合わせの時間の前だしな。待ったも何もないだろ？」

まだ余裕で約束の時間の十分以上前だ。

「相対性理論的な？」

「……相対的に待った、って意味でいいんだよな？」

前も教室で相対性理論がどうの言っていたし、春香の最近のマイブームなのかな？

「それにしてもこんなに早く来てるなんて、そんなにわたしに会うのが楽しみだったんだね〜、なんちゃって」

「春香の方こそ、まだ待ち合わせ時間前なのに来てるじゃん」

「だって早くこーへいに会いたかったんだもん♪」

嬉しそうに言いながら極上の笑顔を向けてくる春香。

「お、おう。そうか……サンキュー」

「……それだけ？」

さらに少しだけ上目づかいになった春香が、見るからに期待に満ちた視線を向けてくる。

「まぁその、俺も春香に早く会いたかった……ぞ？」

「えへへ、一緒だね♪」

そう言って嬉しそうにはにかんだ春香は、今日も相変わらずの可愛さだった。

今日の春香は水族館でデートをした時とは打って変わって、スポーティな装いをしている。

普段は下ろしているゆるふわの髪は、今日は動きやすいようにアップでまとめられていて。

いつもは見えないうなじが白くて華奢《きゃしゃ》で綺麗なのがやたらと目について、どうにもドギマギしてしまう。

上はTシャツにパーカー。

スカートの下にレギンスをはいているのは、いつものピースケお散歩スタイルとほとんど同じだ。

だけど今日着ているオシャレなパーカーを見るのは初めてだったし、スカートもいつもより可愛らしい感じで、全身から「これはデート用なんだぞっ♪」って主張がこれでもかと伝わってくる素敵な装いだった。

控えめに言ってすごく可愛い。

春香の服装を褒めようとしたところで、

「こーへい、服似合ってるね♪」

不意打ちのように春香に先に褒められてしまう。

「ありがと。動きやすさも必要だから、実はかなり悩んだんだよな」

運動をする以上は動きやすい服装がマストだけど、デートである以上はそれなりに見栄えも大切にしないといけないわけで。

ジャージなんてのはもっての外だ。

持っている服をあれこれ組み合わせて、何とかそれっぽく仕上げてきたんだよな。

「パーカーでお揃いだし、偶然にもペアルックになっちゃったね。これはもうわたしたち、運命の赤い糸で結ばれちゃってるんじゃない？」

「まぁ、偶然かな？」

「ぶぅ」

俺のヘタれた答えを聞いて、春香が可愛らしくむくれる。

「身体を動かすし、暑くなったら脱ぎやすい服がいいかなって思ってさ」

その点、パーカーなら脱ぎ着するのが極めて簡単だ。

汚れても簡単に洗濯できるし。

「それ、わたしも思ったんだよね。動いたら絶対暑くなるもん」

話が一段落したタイミングで、今度は俺が春香の服を褒める。

「春香もすごく似合ってるよ。その可愛いパーカーは初めて見るし、髪をアップでまとめてるのも新鮮だし、うん、すごく似合ってる」

「髪をまとめるのは、ちょっと子供っぽく見えるかなって不安だったんだけど、こーへいが気に入ってくれたみたいで良かった♪」

「また時々してきてくれよな」

「あはは、そんなに気に入ってくれたんだ。じゃあこーへいのために、時々していってあげる」

「サンキュー。それじゃここで話してるのもなんだし、そろそろ行くか」

「うんっ♪」

笑顔で答えながら春香が俺の手を握った。

俺の指の間にするりと春香の指が入ってきて、当たり前のように恋人繋ぎになる。

もちろん電車の切符を買ったりしないといけないので駅についてすぐに手は離れたんだけど、春香と「少し進んだ関係」になって初めてのデートがこれから始まるのだと、俺は改めて強く意識してしまったのだった。

ラウンドワンコでどんなことをしたいか、あれこれ想像を交えて楽しく話しながら10分ほど電車に揺られ。

電車を降りて駅前すぐのラウンドワンコで受付を済ませた俺たちは、さっそくアトラクションを遊び始めた。

まずは受付から一番近いバドミントンをやってみることにする。

手に持つ道具と言えば野球のバットの扱いには手慣れているものの、実はラケット競技が完全初心者の俺と違って、元テニス部だけあって春香はバドミントンもかなり上手だった。

「あ、悪い！」

「これくらいなら、へーきへーき！　ハイっと！」

ネットを挟んで一対一でラリーをしていたんだけど、時々やらかす俺の下手っぴなミスショットを春香はいとも簡単に拾ってくれる。

動くとすぐに暑くなったので、既に二人ともパーカーを脱いでTシャツ一枚になっていた。

「やっぱ春香は上手いなぁ。素人の俺が見てもすぐわかるくらい、綺麗に当てて返してくる」

「まぁねー。そもそもラケット競技だからテニスと似てるところも多いし。本格的にやったら違うんだろうけど、遊びでやる分にはほとんど同じかな」

「さすがはテニス部の元部長だな」

これを見せられたら納得しかない。

「でもこーへいも初めてとは思えないくらい上手だよ？　特に上から打つ時は綺麗にラケットが出てるもん」

「上から打つのは、野球でボールを投げるのとなんとなく動きが似てるんだよな」

「へぇ、そうなんだ？」

「でも最後にラケットの面で綺麗に捉えるのが、ちょっとだけ難しいかな」

気を抜くと、すぐにラケットがあらぬ方を向いてしまう。

当たり前だが野球のバットは曲面なので、どの向きであってもボールに当てることが可能だ。

そこが一番の違いだな。

「『面』があるラケットと違って、野球のバットは曲面だから『当てる面』って概念はないもんね。でもどんどん上手になってるよ？」

「俺もだいぶ慣れてきた気がするんだよな。ってわけで、試しに勝負してみないか？」

やはりスポーツとなると対戦してみたくなるのが男の子というものである。

「別にいいけど、ハンデはどうするの？」

「そうだな、春香はスマッシュなしでどうだ？　それ以外は全部有りで」

「ハンデがそれだけで大丈夫？」

春香が少し心配そうな表情で聞いてくる。

「物は試しだよ。それに俺、運動は結構得意だから、なんとかなるかなって」

「こーへいがいいならいいんだけど」

「言っておくけど、ハンデ以外は手は抜かないでくれよな？　やるからには本気で勝負しようぜ」

というわけで、10点先取のなんちゃって試合形式で春香と対戦をすることにした。

だがしかし。

「はい、わたしの勝ち～♪」

「ぐはあっ!?　ガチで強すぎるんだが!?　スマッシュ禁止とかそういうレベルじゃないぞ!?」

俺はまったく手も足も出ずに、春香にボコボコにされてしまった。

「わたしもテニス経験者として、ラケット競技で初心者に負けるわけにはいかないからねー」

「くっそー、ネット際のギリギリに落とすとかなんだあれ」

ちょっと自慢げな春香とは対照的に、俺は悔しさでいっぱいだ。

「ふふふーん♪　コートを前後に広く使うのはネットがある球技の基本だから」

「もう一戦いいか？」

「いいけど、今度のハンデはどうするの？」

「スマッシュと、あとネット際に落とすのも無しということで頼む」

「りょうかーい」

さらに春香の縛りをきつくして始まった2戦目だったのだが。

1戦目よりは若干マシな戦いになったものの、今度はこれでもかと左右に大きく振られ続けた俺が、

「ぜー、はー、前後がダメなら左右ってか。ぜー、はー、完敗だ。コントロールの精度が違いすぎる……」

またもやボコボコに負かされたのは言うまでもなかった。

息も絶え絶えになってコートにへたり込んだ俺に、

「お疲れ様。はい、アクエリ」

春香がスポーツドリンクを渡してくれる。

「サンキュー……ふぅ、美味い」

激しく動いた直後なのもあって、俺はペットボトルを一気にほとんど全部飲み干した。

「一息ついた？」

「おかげさまでな。しかし上手なもんだな。恐れ入ったよ」

「こーへいも初めてとは思えないくらい上手だったよ？　ちゃんとコートの中に返してくるし、ラケット競技もセンスあるんじゃないかな？　うちの高校はバドミントン部はないから、一緒にテニス部に入っちゃう？」

「前も言ったけど、遊ぶ時間が減るから部活はいいかなぁ」

「もぅ、そんなにわたしと一緒にいたいなんて、こーへいってば甘えんぼなんだから♪」

「……そこまでは言ってなくね？」

「照れない照れない♪」

相変わらず都合のいい耳を発揮してくる押せ押せな春香に、俺は苦笑で応えるしかないのだった。


次に俺たちは、バッティングセンターのコーナーへと向かった。

ヘルメットを被って右打席のバッターボックスに入ると、始める前に軽く素振《すぶ》りをする。

久しぶりに振ったバットは、思ったよりもずっしりと重く感じた。

「実はバットを振るのって一年ぶりぐらいなんだよな。実際に打つのはもっと久しぶりだし。でもま、なんとかなるだろ」

「カッコいいとこ見せてね♪」

「おうよ、任せとけ」

バドミントンではあまりいいところがなかったが、しかしバッティングなら元リトルリーガーの華麗なバット捌きを春香に披露できるはず。

俺は強い意気込みを胸に、ボールを打ち始めたんだけどど――。

「ぐぬっ、球速を遅めに設定してるのに上手く捉えられないぞ……」

俺は力ない凡打を繰り返していた。

「バットを振るのもボールを打つのも久しぶりなんでしょ？　しょうがないよー」

春香は優しく励ましてくれるものの、俺としてはこの惨めな結果にはどうしても納得がいかない。

「いやいや、マジで俺はこんなもんじゃないから。俺が本気出したらこれくらいの球速なら、余裕でホームラン打ちまくりだから」

「ふふっ、頑張れこーへい。ふぁいとー♪　頑張るこーへいはカッコいいぞ♪」

悔しがる俺を、春香が優しい言葉で応援してくれる。

くっ、これ以上ダサいところは見せられないぞ！

「落ち着け俺。大丈夫、ボールは見えてるんだ。あとはバットの芯で捉えるだけなんだ」

とまぁ、最初こそミートポイントがずれて、いい打球がさっぱりなかった俺だったんだけど、
カキーン！

暇さえあれば毎日バットを振っていたリトルリーグ時代の感覚を次第に取り戻すと、大きな当たりがどんどんと出始めた。

その内の一球が、天井近くにあるホームランの的をカスる。

「わわっ、すごいじゃんこーへい！　今のちょお惜しかったよね、もうちょっとでホームランだったのに」

「今のはもうちょいだったな。だいぶミートする感覚が戻ってきた気がする。やっぱり身体は覚えてるもんだな」

カキーン！

続けざまに来たボールも、俺は大きな当たりで打ち返した。

「またまたもうちょっとでホームランだし！　すごい！」

俺が大きな当たりを打ち返すたびに、それに負けないくらいの大きな歓声を上げて喜んでくれる春香。

春香が手放しで褒めてくれるのが嬉しくて、バットを振る俺の気分も際限なしに上がっていく。

テンションの上昇にシンクロしたかのように、俺は軽やかなバットコントロールで大飛球を連発していった。

カキーン！

そしてその内の一球が、ついにホームランの的を捉えた。

「やったぁ、ホームラン！」

歓声とともに両手をグーにして突き上げる春香。

「な、言っただろ？　これくらいの球速なら余裕だって」

「さすがだね、こーへい♪　有言実行だし。ああでも、しまったなぁ」

「どうした？」

「どうせならスマホで撮影しておけばよかったなって思って。でも、今からでも遅くないよね。こーへいのカッコいいところ、記録しておこっと」

言うが早いか、春香がスマホを取り出して撮影を始めた。

俺は春香の前でまず一つ、いいところを見せられたことに安堵しつつ、
カキーン！　カキーン!!

二本目のホームランを目指して、春香の声援をバックに次々と大飛球をかっ飛ばしていった。

ホームランももう一本だけ打つことができて、

「今日二本目だよ、やったね！」

春香はまるで自分のことのように喜んでくれたのだった。


何セットか気分よく打ちまくった後、今度は入れ替わりで春香がバットを持つ。

「実はわたし、野球ってしたことがなくて。お父さんがテレビで見てるのを横から見てるから、だいたいのルールは知ってるんだけど。バットはこんな感じで構えればいいの？」

ヘルメットを被ってバッターボックスでそれっぽく構えながら、後ろにいる俺を振り返って聞いてくる春香。

さすが春香だ。

可愛さの欠片もない武骨な白ヘルメットを被っても、すごく可愛いな。

「そんな感じだな。でも、もうちょい上に構えて振り下ろす方が、バットの重みを自然に使えるから打ちやすいと思う。だいたいこの辺りにバットを構えて」

俺は春香の後ろから肩越しに手を回すと、バットを構える位置を調整してあげる。

「ふんふん」

「そこから軽く後ろに引いて、あとは飛んでくるボールめがけて、まっすぐバットを出す感じだ」

さらに春香の手ごと、バットを軽くスイングさせてあげた。

「ぁ……っ」

すると春香が小さな声を上げて、顔を俯かせて固まってしまう。

うぉっと、しまった。

全然そんなつもりはなかったのに、図らずも春香をバックハグするような形になってしまったぞ!?

春香の背中からお尻にかけてと、俺の胸からお腹にかけてが完全に密着してしまっている。

「——っと、悪い。わざとじゃないんだ」

「ううん、別に嫌じゃないし……」

「そ、そうか？」

「だからこのまま続けて教えて欲しいな……だめ？」

さっきまで散々すごいすごいと声援を送ってくれた春香が、今度は可愛くおねだりするように言ってくる。

「お、おう。じゃあ、このまま続けるな」

俺は顔の火照《ほて》りと高鳴る胸のドキドキをこれでもかと自覚しながら、それが春香にバレないように平静を装って小さな声で頷いたのだった。


簡単にコツを教えた後は、後ろから春香のバッティングを見守る。

せっかくなので時々、写真も撮影した。

テニスというボールを打つ球技をやっていただけあって、春香のボールを捉える感覚は見事だ。

なんと初めてにもかかわらず、ホームランの的に当ててみせたのだ。

「やった！　ホームランだし！」

「マジかよ!?　初めてでホームランとか普通ありえないぞ!?」

「そんなにすごいの？」

「初めてだと、そもそも綺麗に前に飛ばすのも難しいと思う。野球の才能があるんだな」

「えへへ、きっとこーへいがコツを教えてくれたおかげだね。ありがとね、こーへい。おかげでホームラン打てちゃった♪　いぇい！」

右手で持ったバットを肩に乗せながら、バッターボックスで俺を振り返り、左手で可愛く

ギャルピースをする春香を、俺はスマホでバッチリと撮影した。

その後は、卓球をしたり、ルールは適当でなんちゃってダーツやビリヤードをしたりと、俺たちはラウンドワンコでのスポーツデートを満喫したのだった。

その帰り道。

電車で地元に帰って来た俺たちは、暮れなずむ街を寄せ合うように肩を並べて歩いていく。

「なんか最後の方は、ずっと卓球してたような気がする」

帰り道、春香が苦笑しながらつぶやいた。

「卓球はちょっと白熱しすぎたな」

「こーへい、完全に本気なんだもん」

「春香だってガチでやる気だったじゃないか。サーブで横回転をかけて曲げたりとか。俺、ボールが跳ね返る角度とか考えながら、必死に返してたんだぞ？」

「だってラケット競技で負けたくなかったんだもーん」

「それを言うなら、俺だって球技では負けたくなかったんだよ」

「こーへいはほんと負けず嫌いだよねー」

「春香もな」

俺たちは思わずと言ったように、顔を見合わせて笑い合う。

「似た者同士だよね、わたしたちって」

「だな……。でも、いいよな、こういうのって。久しぶりに本気で動いて、疲れたけど、すごく楽しかった」

千夏とは何度も一緒に遊びに行ったことはあったけど、インドア派の千夏は俺と張り合って勝負をするようなことはせず、俺が何かをするのを見ているだけ、みたいなことが多かったから。

「わたしもすっごく楽しかったー。ホームランも打てたし、こーへいのカッコいいところもいっぱい見れちゃったし」

「また一緒に遊びに行こうな」

「うん♪」

今日のデートの感想で春香と盛り上がりながら、俺はこの時間が1秒でも長く続くようにと、ゆっくりと帰り道を歩いていった。

ちなみに翌日、ラケットを振ったりと普段は使わない筋肉を酷使したからか、俺は身体のいたるところが筋肉痛になった。

■5月2日■

「ねぇねぇこーへい、帰りにマック寄っていこーよ？」

飛び石連休なゴールデンウィークの合間の平日。

帰りのショートホームルームが終わるとすぐに、前の席の春香が振り返って俺に声をかけてきた。

「いいぞ。マックシェイクの新作が出たから、ちょうど行きたいなって思ってたところなんだよな」

「さすがこーへい、詳しいじゃん。さすがマック博士だね。新作のラムネ味シェイク、実はわたしの狙いもそれだったり」

「みんな考えることは同じか」

「だねっ」

「ちなみに俺はクラスの奴が話してるのを聞いただけで、別にマックの専門家でもなんでもないからな？　なんだよマック博士って」

春香の物言いに、俺は思わず苦笑する。

「照れない照れない。わたしは褒めてるんだから」

「照れてはないけどな」

「そう？　ま、いいじゃんそれは。じゃあすぐに行こうよ。学校帰りの人で混んでくる前にいい席取りたいし」

「了解」

というわけで、俺と春香は学校帰りに近くのマックに寄ることにした。

店に入ってまずはレジに並んだんだけど、

「こーへい、なに見とれてるし」

俺は速攻で、春香にジト目を向けられてしまった。

列の三つほど前に、いかにもお嬢さまって感じのものすごい美人がいて、おおっ！　て思って、ちょっとだけ見入ってしまったのだ。

……ほんとちょっとだけだったんだよ、ちょっとだけ。

俺的には。

だって言うのに春香は頰を膨らませてむくれてしまう。

「べ、別に見とれてないだろ」

「見とれてたもん。めっちゃガン見してたもん。鼻の下伸びてたもん」

「そんなことは……なかったと思うんだけど」

自覚があるがゆえに、春香の指摘に強く言い返せない自分が悲しい。

「まったくもう、こーへいは美人を見るとすぐこれなんだから。ま、ちょっと似てたもんね……」

春香が少し寂しそうな顔をしながら呟いた。

「別に千夏は関係ないだろ？」

「わたしは『似てる』って言っただけで、『相沢《あいざわ》さんと似てる』なんて一言も言ってないんだけど？」

「…………」

このっ、春香のやつ！

しおらしい顔をしながらヒッカケやがったな⁉

しかしもはや後の祭りだった。

「あーあ、やっぱこーへいってさらさらの黒髪ロングが好きなんだなぁ」

「別にそういうわけじゃ……ないこともないけど」

この状況で今さら春香に嘘をつくわけにもいかず、俺は素直に好みを白状した。

「わたしの髪って癖っ毛だし、ナチュラルに茶色っぽいんだよね。今度美容院行ったら黒染めしてもらおうかなぁ」

「春香は今のままで十分に——その、可愛いと思うぞ？」

俺はちょっとだけ勇気を出して、歯の浮くようなキザなセリフを言ってみたんだけど——、

「ほんと？　じゃあ聞くけど、相沢さんとわたしの髪、こーへいはどっちが好み？」

ふぅ、やれやれそう来たか。

慣れないことはするもんじゃないな。

っていうか、これ答えないとダメなの？

どっちの答えを選んでも、答えなくても、ぶっちゃけ何をしてもアウトな未来しか見えないんだけど。

うん、わかる。

俺はわずかに逡巡《しゅんじゅん》をしてから答えた。

「……春香だよ」

「ぜったい嘘だし！　微妙に間があったし！」

「えっとその……」

春香に嘘はつきたくないけど、それでもここは優しい嘘をついた方がいいかなって思ってさ？

それに茶色っぽい髪もゆるふわな可愛いくせ毛も、春香にはすごく似合ってると思うんだ。

「あーあ、なんでわたしの髪は茶色いかなぁ。この髪のせいで中学の時も脱色するなーって、生活指導の先生に目を付けられてたしさー」

前髪をちょこんと小さくつまみながら春香がぼやく。

「春香の髪は似合ってると思うし、今のままでいいって思ったのも本当なんだ。明るい性格の春香には、少し茶色い髪はすごくよく似合ってる――と思うから」

「嬉しいこと言ってくれたのに、最後にちょっとヘタレちゃうところがこーへいらしいね。ふふっ」

「悪いな。変わろうとは思ってるんだけど、なかなかすぐには変われなくてさ」

「いーよー。こーへいのそういうヘタレで恥ずかしがり屋なところ、わたし結構好きだもん」

「お、おう……そうか」

あのな、そんな自然に好きとか言うなよな。

不意打ちされたら心の準備ができないだろ？

俺は春香に好きって言われるたびに、毎回ドキッとさせられてるんだぞ？

その度に深夜の告白大会とかキスしたこととかを、盛大に思い出しちゃうんだからな？

とまぁ、傍《はた》から見ればバカップルをしちゃっていた間に、

「お待たせいたしました。次のお客様、ご注文をどうぞ！」

俺たちの注文の順番がやってきた。

本日の目的だったラムネ味のシェイクと、あとは適当に各々好きなものを軽めに注文してから、俺と春香はカウンター席に隣り合わせで座った。


「向かい合ってる席も空いてるのに、カウンター席がいいのか？」

まだ空いている店内なのに、なぜかボックス席よりカウンター席がいいと言った春香に念押しするように尋ねると、

「いいのいいの。時代はカウンターだから」

そんな答えが返ってきた。

「時代はカウンターとか言われると、まるでサッカーの戦術の話でもしてるみたいだな」

「そうなの？」

「まぁ春香がいいならいいんだけどさ」

俺たちはカウンター席で仲良く肩を寄せあって座った。

「じゃあ食べよっか。はい、あーん♪」

すぐに春香がポテトをつまむと俺の口の前へと差し出してきた。

するとなんということだろうか！

俺は先日の『ハーゲンダッツあーん♪　大事件』の時のように恥ずかしがる間もなく、とても自然な流れでそれをパクリと咥えてしまったのだ。

「――――!?」

今、何が起こったんだ!?

「ふふん、どうやら作戦は成功みたいだねー♪」

春香がにんまりと笑った。

「作戦……、だって？」

「えっとね、人間は正面からだと意識して身構えちゃうけど、横からパッと急に差し出されたものは、ついつい反射的に受け取っちゃうんだって。ティッシュ配りのプロは前からじゃなくて、必ずすれ違うタイミングまで待って横から差し出すんだって、この前テレビで言ってたの」

「確かに今、ごくごく自然に差し出されたポテトを口にしたような……」

「恥ずかしがり屋さんのこーへいにいっぱい『あーん♪』するために考案した、必殺のサイド攻撃だよ♪」

作戦が見事に成功したからか、そう語る春香はとても満足げだ。

「だからサイド攻撃ってサッカーじゃないんだからさ」

カウンターでサイド攻撃とか、どこからどう考えてもサッカーの話だぞ？

「それにほら。隣り合わせだと自然とくっついちゃうから、普通に向かい合うより近い距離でこーへいといられるし？」

春香はどこか甘えるように可愛らしく言うと、俺に身体を寄せてもたれかかってきた。

信頼するように無防備に身体を預けてきた春香と触れ合った場所から、春香の熱がじわっと優しく伝わってくる。

そんな甘えてくる春香が無性《むしょう》に愛おしくなってしまった俺は、なかば本能的に春香の腰にそっと右手を回したのだった。

華奢な、だけど女の子の柔らかさがしっかりと感じられる春香の腰を、自分の方に軽く抱き寄せる。

「あ……っ、えへへっ♪」

春香は一瞬ぴくっとしたけれど、すぐに嬉しそうに笑うと、ギュっとよりいっそう俺へと身体を寄せてきた。

「こーへいの身体、あったかいね」

「春香もあったかいぞ」

「ぶぅ、あったかいだけ？」

「まぁその、なんだ。柔らかくて女の子らしいなって、思った」

「えへへ、ありがと♪　こーへいの身体は女の子と違って大きいよね、すごく男の子って感じ」

「そうか？　男子の中では小さい方だと思うけど」

「わたしもあんまり背が高くないから、並んだらちょうどいいんじゃないかな？」

「お、おう……」

とかなんとか一見普通に話してはいるものの。

衝動的に勢いで腰に手とか回しちゃったけど、冷静に考えてみたら俺って今めちゃくちゃ恥ずかしいことをしてるんじゃね!?

いくらまだ空いているとはいえ、ここは密室でもなんでもなく他のお客さんもいるマックの店内だってのに！

「えへへへ……」

でも今さら手を離すのも、それはそれで春香を傷つけちゃう気がするんだよな。

俺が心の中でドギマギと焦りまくっていると、

「ふぁいほーへい、ふぁーん（はいこーへい、あーん）♪」

春香がまたもやポテトを差し出してきた。

差し出されたポテトをまたまた反射的に咥えてしまったところで、俺はピシリと身体を強張らせて固まってしまった。

というのもだ。

「――――!?」

俺の視線のすぐ先で、俺が咥えたポテトの反対側の先っぽを春香が口に咥えていたからだ。

つまり今の俺たちはポッキーゲームでもしてるみたいに、ポテトの両端を咥え合っていた。

っていうかもう俺が咥えたんだから、春香は口を離せばいいよな？

いまだなお、ポッキーゲームでもしているかのごとく春香が咥え続けている必要は全くないよな？

とかなんとか思っているうちに、

「はむっ、はむはむ」

まさかまさか、春香がポテトを食べ進めてくる——！

「んぐっ!?」

などと考えている内に、既にお互いの鼻先がくっついちゃいそうなくらいに、すぐ目の前に春香の顔があった。

俺が一口でもポテトを食べ進めたら、勢いそのまま唇が触れ合ってしまいそうな距離。

しかも今の俺は、春香の腰に手を回して抱き寄せちゃっているわけでして。

春香はポテトを咥えたままで離そうとしないし、しかもなんか目をつぶってキスをおねだりするみたいに唇を突き出して、『はいどうぞ♪』って感じだし——!?

これもう不可抗力でキスしちゃいそうなんだけど。

いやいやでもでも！

キスっていうのは、愛を確かめ合う神聖な儀式であってだな。

決してポテトを咥えながら、流れで適当にしていいもんじゃないんだよ。

俺にとって春香は本当に大事な女の子で、俺に向けてくれる気持ちに真剣に向き合わないといけない大切な女の子なんだから。

などとアレコレいろんなことを、頭をフル回転させて考えていると――ポキッ。

あっけないほど簡単にポテトが折れて、俺はなんとかギリギリで不埒極まりない流されキッスの危機から逃れることができたのだった。

俺は勢いで軽々しくキスしなかったことに、ホッと安堵した。

「こーへいは、ほんとちょーヘタレだし」

そんな俺に、むぐむぐとポテトを飲み込んだ春香が少しむくれた顔を向けてくる。

「だよな。ごめん」

「あはは、冗談だってば。全然気にすることないしー。だってわたし、こーへいのそーいう優しいところも大好きなんだもんっ♪」

「お、おう……」

だけどむくれ顔から一転、にっこり笑いながら俺への熱烈な好意を口にした春香は、すごくすごく魅力的で――。

そんな春香との距離をもう少しだけ近づけたい――なんて思ってしまった俺は、

「あ――っ」

春香の腰に回していた手に軽く力を入れると、少しだけ自分の方に引き寄せたのだった。

とまぁ、そんなこんながあったものの。

この後は普通におしゃべりをしたり、普通にあーんしたりしてもらったりして、とても普通な高校生の放課後マックデートをしたと思う。

いやその、ずっとあーんしてもらっていたのはさ？

右手を春香の腰に回してたから、食べるのに利き手が使えなかったからであって。

だから決して、春香の柔らかい感触を手放したくなかったとか、もっと身体をくっ付けて春香を感じていたかったとか、そういうイヤらしい意図はなかったんだ。

だって手を離そうとしたら春香が、

「あっ……」

って小さくつぶやきながら、とっても寂しそうな顔をするんだぞ？

そんな顔をされちゃったら手を離すなんてできないだろ？

仕方ないだろ？

■5月4日■

ゴールデンウィークのど真ん中の祝日、俺は駅前にある商業施設へとやってきていた。

特になにかしようってわけじゃなくて、暇つぶしに適当にブラブラしつつ、何かあれば買い物するかも、ってな感じだ。

俺が特に目的もなくダラダラと見て回っていると、

「あれ？　あそこにいるのって春香だよな」

偶然、大きな書店に入っていく春香の姿が見えた。

「せっかく休みの日に会えたんだし、声でもかけるか」

俺は初めはそう思ったんだけど。

「……なんだろう、なんとなく挙動不審な気がする」

時おり周囲を警戒するかのようにキョロキョロと見まわす春香が、なんとも怪しく見えた俺は、何をそんなに警戒しているのか興味がわいたのもあって、

「こっそり近づいて驚かせてやるか」

なんてことを考えてしまった。

子供っぽいいたずら心が芽生えた俺に気付くこともなく、春香は人目を気にしながら目的の場所――おそらく文庫新刊コーナーへと進んでいった。

「どうにも怪しいぞ？　春香のやつ、さっきからいったい何をそんなに警戒してるんだ？」

いたずら心が完全に好奇心に変わっていた俺は、ちょっとだけ本気で尾行してみることにした。

人波や物陰をうまく利用しながら、警戒する春香にそろりそろりと接近していく。

すると春香は文庫新刊コーナーで立ち止まると、そこで周囲をぐるっと一周見渡した。

「やばっ……！」

新刊コーナーは高さのない平台が並んでいる少し開けた空間だったから、これは見つかったかなと思ったんだけど。

「そんなに欲しかったんなら、ネット通販で予約してればよかったのに」

「こうやって一緒に見て回って買うのがいいんですよ」

ちょうど運よく俺の前をラブラブなカップルが通り過ぎてくれたおかげで、春香は俺の存在に気付かなかったようだった。

「どうやら、天は俺に味方しているようだな」

そして俺に尾行&監視されているとも知らずに、ついに春香は新刊コーナーに置いてある一冊の本を手に取った。

「なるほど、あれが春香の目的のブツか」

春香が見ているのは、ラノベかなにかの見本誌のようだ。

ぱらりと開いたカラーの見開きページを、まるで英語の文法でも暗記してるのかってくらいに真剣な表情で眺めている。

いったい何をそんなに真剣に読み込んでいるのか。

気になってしょうがない俺はこっそりと背後から近づくと、春香の肩越しにそっとその見本誌を覗き込んだ――――んだけど。

トレイヌ『ケツは全てエレガントにパコれ、エレガントに――くっ！』

ゼスク『良い攻めだ、しかし私はまだ自分を弱者と認めてはいない――くぅっ！』

中世貴族風の衣装を着崩した顔の濃いイケメンが、全裸になぜか仮面とブーツだけを装着した金髪イケメン（と思われる）を四つん這いにさせて、後ろからアーッ！　させている見開きカラーページがそこにはあった。

「…………（滝汗）」

いったいどこから突っ込めばいいんだろうか？

それとも突っ込んだ時点で負けなのだろうか？

まずこの人はなんで全裸なのに仮面とブーツだけは外していないんだ？

もしかして仮面が本体なのか？

さ○なクンならぬ仮面クンなのか？

お風呂も仮面をつけて入っちゃったりして？

あとブーツを敢えて脱いでないのが、ものすごくフェチっぽかった。

全裸にブーツは、好きな人にはガン刺さりしそうだもんな。

それはなんとなくだけど俺もわかるよ。

っていうか、春香もこういうの（ＢＬっていうんだよな？）読むんだなぁ。

なんてことをしみじみと考えていると、そこでついに俺の存在を感じ取ったのか、ハッと振り返った春香とバッチリ目が合ってしまった。

「こ、こーへい……、な、なんでここにいるし……」

春香が露骨におどおどしながら言った。

声は震え、目が完全に泳いでしまっている。

「たまたまブラブラしてたら、本屋の入り口で春香を見かけてさ。声かけようと思ってついてきたら熱心に本を読みだしたから、どんな本を読んでるのかなって気になってこっそり覗いちゃったんだけど」

「こ、これはその……たまたま手に取った本であって、わたしの好みってわけでは……」

いつもは素直で正直な春香が、珍しくあからさまにそうとわかる嘘をつく。

「あはは、別に隠さなくてもいいぞ？　じっくり食い入るように見てたもんな。春香もＢＬ小説読むんだなって思っただけだから。あ、こういう男同士が絡み合う本をＢＬ、ボーイズラブって言うんだよな？」

俺が何気なく言った時だった——、

「エンワルをその辺の大衆娯楽ＢＬと一緒にしないで！」

俺の他愛のない質問に、しかしなぜか春香は目をクワッと見開くと、『青年の主張』をし始めたのだ——！

「え、お、おう」

春香の突然の豹変ぶりに、俺は戸惑いを隠せない。

しかし春香は困惑する俺のことなんて意にも介さず、熱弁を振るい始めた。

「このシーンはね、堕落した世界を革新するために決起したトレイヌ様とゼスクが、途中価値観の相違から袂《たもと》を分かち、数年後に偶然街で再会してひと時の逢瀬《おうせ》を楽しむっていう、最終巻にふさわしい胸にキュンする感動シーンなんだからねっ！」

「は、はい」

「エンワルはＢＬの中のＢＬ、上級ＢＬなんだから！　さらにその中のキング・オブ・上級ＢＬなんだから！」

「わかった、わかったよ春香。でもその、ちょっと声が大きい――」

「声が大きくて何が悪いの!?　わたしは今、商業主義に飼いならされたこーへいの昏《くら》く濁った心を正してあげてるんだからね！」

なにその、やたらと回りくどい言い回し。

いかにもそのＢＬ小説に出てくる、トレイヌ様なる人物が言いそうなセリフだよな？

「う、うん、そうか……悪かったな、適当なこと言っちゃって」

自分が好きなものを適当に知った風に言われると、そりゃ怒るよな。

「だいたいね、女の子を嫌いな男子がいないように、ＢＬを嫌いな女子はいないんだから！」

「うん、そうだよな。俺が悪かった、人の趣味にとやかくは言わないよ。春香が何を好きでも、俺には何も関係ないんだし」

「え………？　あ、うん、そうだね」

春香が一瞬、不思議そうな顔をしたあと、妙に平坦な口調で言った。

「なんだよ今の変な間は？」

「な、なんでもないよ？」

なんだその反応。

まさかとは思うが――、

「まさか俺をネタに、BLをさせてるんじゃないだろうな!?」

「も、もももちろんそんなことしてないし!?」

焦ったように言いながら、高速で左右に首を振る春香。

怪しい、すごく怪しいぞ。

「まぁいいけど」

「ほっ……」

「ちなみに俺は攻め受けどっちなんだ？　スポーツもするし、俺的には攻めかなって思うんだけど」

「ちょっとこーへい！　ヘタレなこーへいが攻めなわけないじゃん。どっからどう見ても総受けに決まってるし！　……あっ、なんちゃって？」

俺のちょっとした引っかけに春香が速攻で食い付いた。

「ほう、そうかそうか。これは詳しく話を聞かないとなぁ！」

「いえあの、きょ、今日はエンワルの最終巻をじっくり堪能する予定だから……」

「大丈夫、素直に話せばすぐに済むから。ほら、俺は外で待ってるから早く会計を済ませてきなよ。うちか春香の家で、ちょっと話そうか」

「あ、うん……はい……」

その後、俺は春香の妄想の中で、トレイヌ様やゼスクをはじめ様々なイケメンキャラたちにアーッ！　されていることが判明した。

なんとなくお尻がむずむずしてきた俺だった。

そしてせっかくの機会ということで、春香イチオシのエンワルの1巻を借りてみたんだけど、

「なんだこれ！　メチャクチャ面白いじゃないか！　純粋なまでにノブレス・オブリージな高貴すぎる理想を掲げる貴族のトレイヌ様と、鋭利な刃物のように尖った軍人のゼスクの熱い友情がヤバい！　明日2巻貸してもらおう！」

俺はその重厚な世界観に、どっぷりはまってしまったのだった。

どれくらいどっぷりかというと、

「この堕落しきった世界は、正しき価値観を持った我々によって革新されなければならないのだ！」

その日の夜、お風呂で湯船につかりながらエンワル1巻を代表するセリフをついつい口に出してしまうほどだった。

「航平、お風呂の中でなに言ってるの？」

そしてたまたま洗面所にいた母さんにそれをバッチリ聞かれてしまって、

「ブクブクブク……」

俺は恥ずかしさのあまり、無言で潜水を始めたのだった。

■5月6日■

ゴールデンウィーク合間の平日の、春香との学校帰り。

「うぅ……、やっと終わったし。疲れたぁ……」

しかし校舎を出るなりすぐに、春香が疲れ果てた顔で呟いた。

「さすがに今日はな。世間じゃゴールデンウィークで十連休とか言っているのに、当たり前のように六時間目までみっちり通常授業があるのは堪えたよ、主に精神的な意味で」

春香に心の底から同意しながら、俺もガックリと肩を落とす。

「しかもだよ？　連休があって一日だけ学校に行って、また連休があって一日だけ学校に行って、それでまた明日から休みでしょ？」

「ゴールデンウィークの連休の合間とか、気持ちが緩んで当然だよな」

「こんな状態でやる気なんて出るわけないし」

「マジのマジで同感だ。飛び石連休の間も休みにしてくれたらいいのになぁ」

「せめて休みをずらすとか調整してくれたらねぇ。先生だって大型連休にしたいはずでしょ？」

「先生も俺たちと同じくらいに辛いんだろうなぁ」

「つまり誰も得してないってことだよね？」

「不条理な世の中だよな」

俺と春香は顔を見合わせると、

「「はぁ……」」

合わせ鏡のように揃って大きな溜息をついた。

「ま、でも。今日を乗り越えたおかげで明日からまた休みだし、しんどいことは忘れて早く帰って部屋でお話しよ♪」

今日の放課後は、春香の家でだべって過ごす予定だった。

「だな。着替えたらすぐに遊びに行くよ」

家が近いんだし、俺はいったん帰って着替えてから行こうと思っていたんだけど。

「もう、こーへいはわかってないなぁ。制服のままで学校帰りにあれこれするのがいいんじゃない。そっちの方が、後で青春時代の想い出って感じがすると思わない？」

「言われてみれば、たしかに」

「でしょでしょ？」

「今は当たり前だけど、でも実は学校の制服を着られるのって今だけだもんな」

「卒業した後だって別に制服を着るのは勝手だろうけど、それとはまたちょっと違う話だよね」

「それだと完全にコスプレだもんな」

「ってことで、今日は制服で放課後おうちデートね！」

そんな話をしながら、春香と一緒に帰りの通学路を歩いていると、

「ね、ねぇ、こーへい……？」

「ん？　どうした？」

帰り路《みち》にあるコンビニの前で、春香がおずおずと言った。

ものすごく真剣な声に聞こえたので、重要な話かと思って俺もしっかりと聞く体勢をとる。

すると、

「ね、ねぇ、こーへい？　ゴ、ゴム買ってこっか？　コンビニで」

顔を真っ赤にした春香が、蚊の鳴くような小さな声で呟いた。

「ゴムってヘアゴムか何かか？　コンビニ寄るなら、俺もついでにアイス買っていこっかな」

どうも大したことじゃなかったたっぽいな。

なんだ、ただの俺の勘違いか。

さーてと、何のアイスを買おうかな？

今日も相変わらず暑いし、やっぱガリガリ君とかのあっさりめの氷菓系が食べたいよな。

「そ、そうじゃなくて、ゴ、ゴムはゴムだし……」

「？」

春香のやつ、さっきからもじもじしながら小声でゴムが買いたいって言ってるけど、何のゴ

ムか知らないけど別に俺に許可を取らなくても買ったらいいと思うんだけど。

「だから、そのっ！」

「うーん、ヘアゴムじゃないとなると、お気に入りのパンツのゴムが切れたとか？」

「そんなわけないでしょ!?　だからコンドームだし！　コンドーム！　って、女の子になに言わせるかな!?　もぅ、こーへいのえっち！」

ニブチンな俺にプッツンした春香が、クワッ！　って顔をして鼻息も荒く言った。

ものすごい剣幕だった。

「コンドーム――って、えぇぇぇっ!?　あの、だって、うえぇっ!?　な、なんで!?」

そして突如として春香の口から飛び出した、そのデンジャラスすぎるパワーワードに、俺は混乱を隠せないでいた。

だってコンドームってほら、あれでしょ？

あのほら、えっと、その、だから……うえぇっ!?

「だってわたしはこーへいのことが好きだし。こーへいも、わたしのことを好きかもでしょ？」

「お、おう」

「だったら一緒にいて、こーへいがムラムラしてくるかもしれないわけでしょ？　そしたらちゃんと付けないと……で、できちゃうかもだし」

「つ、付けるって、何にだよ……。で、できちゃうって、な、何がだよ……」

俺は完全にテンパってしまって、恥ずかしいくらいにしどろもどろになってしまっていた。

だって暑いからアイスでも買おうかなとか、のほほんと平和に思っていたところに、気になる女の子からコ、ココ、コンドームを買わないとか提案されたら、普通の男子はキョドっちゃうだろ？

「うーっ！　もぅこーへいってば、わかってて言ってない!?　ナマでヤったら妊娠しちゃうかもじゃんか！」

「ナマで、ヤる!?」

「あ、ナマのがいいとか思ってるんでしょ！　こーへい、わたしたち高校生なんだから避妊はちゃんとしないとだし。計画性のない男はダメなんだし。ゴム付けるのは男の義務なんだからね？」

「いや、俺も男はちゃんと付けるべきだとは思うけど。じゃなくてその、だって、それってその、あの……」

それってつまり春香と俺が――、

「ねぇこーへい、今日えっちしよ？」

これでもかと顔を赤らめた春香が、とびっきりの上目づかいで言った。

恥ずかしさを必死に噛み殺してがんばって言ってみました感が、すげー可愛すぎるんだけど！

「ブフッ！　ゲホッ、ゴホッ、エホッ……」

そして俺はその発言のあまりの衝撃の大きさに気が動転しすぎて、思わずせき込んでしまった。

「なにその反応、すっごく傷つくし……」

俺の反応を見て、寂しそうにつぶやく春香。

「だってそんな、『えっちしよ？』とかいきなり言われたら、ビックリしても仕方ないだろ？　だって俺たちまだ高校生なんだぞ？　しかも入学したての1年生だ」

ほんの２か月前は中学生だったんだぞ？

「『もう』高校生だもん。クラスの女子だって、もう何人か初体験しちゃってるよ？」

「うっそぉ!?　マジで!?」

春香がさらりと言った内容が衝撃すぎて、俺はさらに激しく動揺した。

「なんでそんなに驚くの？　高校生なら別に早くもないでしょ？　こーへいって意外とピュアなんだね、かわいー♪」

「うわぁ、マジなのか」

クラスの女子を見る目がちょっと変わりそうだ。

「だからね、今日うち誰もいないし。こーへいがえっちしたいなら……い、いいよ？」

「えっと、あのだな、その……」

「ね、コンビニでゴム買ってこ？　わたし、こーへいとならえっちしてもいいよ？」

そんな童貞をＫＩＬＬする的なセリフを上目づかいで言ってくる春香に、俺は激しく心を揺さぶられていた。

春香とえっちしたいかと聞かれたら、もちろんしたい。

とてもしたい。

俺も年頃の男子高校生なので、えっちなことには興味津々だ。

それも相手が春香みたいな可愛い女の子なんだから、当たり前すぎてそこに議論の余地などありはしない。

もし俺が春香のことを心から好きだと断言できるなら、間違いなくこの流れで初体験をやっちゃってしまっているだろう。

というか好きな女の子から誘われるなんて夢みたいなシチュエーションで、やっちゃわない男子高校生なんていないだろ？

いたとしたらそいつはきっと悟りを開いたお釈迦様の生まれ変わりだから、今から人間国宝に認定して崇《あが》め奉《たてまつ》った方がいい。

だけど――だ。

「……やっぱりそういうのは、結婚を前提にお付き合いしないとだめだと思う」

春香みたいな素敵な女の子に、中途半端な気持ちでしていいことじゃない――そんな風に俺は思ったんだ。

「ぶぅ、ここまでお膳立てしてるのに、こーへいのヘタレ」

「ヘタレなのは否定しないけど、でも春香に誠実に向き合いたいって気持ちの表れでもあってだな」

「もちろんわかってるってば。だってわたしは、こーへいのそういう誠実なところが大好きなんだもん♪」

「お、おう……」

「あーあ、そんなこーへいだから、既成事実さえ作ったらわたしを選んでくれるって思ったんだけどなー。外堀埋める作戦しーっぱい、ざんねん！」

春香がなんとも微妙な苦笑いをした。

「いや、それはもはや外堀を埋めるどころか、完全に本丸が落城していると思うんだが……」

「でもでも、えっちしたくなったらいつでも言ってね。わたしこーへいとならいつでもえっちオッケーなんだから」

なっ!?

いつでもえっちオッケーだと!?

「えっと、その、はい。その時はよろしくお願いいたします」

春香の魅力的すぎる提案を聞いて、動揺を隠せないまま小さな声で頷くしかない俺だった。

「あはは、めっちゃ照れてるしー。こーへいの顔真っ赤だよ？」

「言っとくけど、そういう春香だって、さっきからずっと顔が真っ赤だからな？」

「……う、うるさいし」

「あはは、照れてやんのー」

「だってこーへいがコ、コンドームとか言わせるんだもん。公共の場で女子にこんなこと言わせるなんてセクハラだもん。セクハラこーへいだもん」

「それについてはほんとごめん。最初はなにを言ってるのか、さっぱりわからなくてさ」

女の子にわざとえっちな言葉を言わせようなんて邪《よこしま》な気持ちは、さっきの俺には神に誓って全くなかった。

「もうこーへいのばーか！　ヘタレのくせに！　知らないもん！」

「本当にごめんってば。な？　アイス奢るから許してくれないか？」

「じゃあダッツ奢りで手を打ちましょう」

「……軽っ!?」

「わたしは引きずらない女の子だから。常に未来を見ているの」

「しゃーないな。言ったからにはダッツを奢ってやろう。前に奢ってもらったところだし」

「もち、チョコミント味ね」

「悪いがそれだけは許さん。俺の目の黒いうちは絶対にな」

「半分食べてもいいよ？」

「まったくもってノーサンキューだ」

「まぁダッツのチョコミント味は期間限定だから、今は売ってないんだけど」

「なら言うなよな」

「あははは――」

この後。

俺は春香と一緒にコンビニに入ってハーゲンダッツを買ったんだけど――。

春香がその、薄いゴム的な『アレ』をさりげなく購入していたのが見えてしまった。

どうやら外堀埋めるという作戦は、絶賛継続中のようだ。

ご、ゴクリ……。


そんなこんなで制服姿のまま春香の家に行って、アイスを食べながら楽しくおしゃべりしてたんだけど。

チラッ、チラチラッ――。

その間ずっと、春香の部屋のベッドがすごくすごく気になってしまって、仕方がない俺だった。

だって春香が『アレ』を購入したってことは、つまりあとは俺の意思さえあれば、えっちしちゃうってことなんだぞ？

何も言ってこなかったけど、俺がそわそわしてたことに春香は間違いなく気づいていたよな。

何を考えてたのかもろバレでちょっと恥ずかしくもあった、ゴールデンウィークの合間の放課後おうちデートだった。

もちろん何もなかったよ？

俺たちは極めて健全な高校生おうちデートをしていたからな。

誤解がないよう、念のため。

■5月7日■

飛び石連休だった今年のゴールデンウィークの、最後の連休となる土曜日の朝。

俺はベッドの上で、気持ちよく二度寝からの惰眠をむさぼっていた。

ほとんど寝かけていて、時々うっすらと意識が戻るけど、またすぐ眠りに落ちてしまう、あの世界一幸せな状態だ。

ほんと、二度寝ってなんでこんなに気持ちいいんだろうな？

世界中のダイヤモンドをかき集めたよりも、二度寝の方がはるかに価値があるよ。

そしてなんだろう？

今日に限っては、なんとも抱き心地がいいものが俺の腕の中にあった。

ぎゅ――。

「あ……ん……っ」

俺が本能のおもむくままに『それ』を抱きしめると、まるで人肌のような柔らかさと温もりが返ってきて、俺をさらに幸せな気分にさせてくれる。

ぎゅっ、ぎゅっ。

「あぅ……んっ……ふぇっ？　い、今キスしちゃったし……しかも舌が触れて……」

さらにはなんだか甘くていい匂いもしてきたぞ？

なんだっけこれ、なんとなく知ってる匂いだよな。

なんだったかな？

抱き心地もどことなく知っている感じだし。

華奢なんだけど柔らかくて、ずっと抱きしめていたくなるこの感じ。

「ぁ、こーへい、そこはだめっ……だめじゃないけど、ん、ぁ……っ。ふ、太ももに硬いの、当たってるよぉ……ぁっ、んんっ」

ああ、あれだ。

春香を抱きしめた時に似てるんだ。

柔らかくて温かくて、まるで本当に春香を抱きしめてるみたいだった。

必死に抑えているようなくぐもった声と、切ない吐息もそっくりだよ。

……ん？

くぐもった声？

吐息を感じる？

しかも春香を抱きしめた時に似てる、だって——？

「ぁ……っ、ん……」

というかこの声って——。

「え……？」

瞬時に眠気が吹っ飛んだ俺は、パチッと目を見開いた。

するとなんということだろうか!?

目の前には春香の顔がドアップであったんだ!

「こ、こーへい、おっはー……」

挨拶しながらぎこちなく笑う春香の顔は、りんごのように真っ赤になっていて。

そして俺はというと、そんな春香をベッドの中で思いっきり抱きしめてしまっていた。

どうやら俺は春香を布団の中に引きずり込んで、さらに身体を密着させるようにぎゅっと抱きしめてしまっていたらしい。

しかも俺の脚は春香の太ももの間に分け入っており、その密着度合ときたら抱き合うという言葉以外ではもはや説明は不能だ。

加えて唇や舌先にはなにか湿度を帯びたものと触れ合ったような艶めかしい感触が、あるような、ないような——。

「ど、どどどういうこと!?」

俺は慌てて春香を抱きしめていた手を離すと起き上がった——起き上がろうとした。

するとまたまた、なんということだろうか!?

偶然にも春香の指が俺のハーフパンツにかかってしまい、俺が立ち上がろうとした動作と反比例してずりっとトランクスごとずり落ちてしまったのだ!

「ふひぇっ——!?　お、おちん、おふぅ——!?」

謎の悲鳴を上げてビシリと固まってしまった春香の目は、俺のノーガード下半身にバッチリと釘付けになっていた。

そして俺は膝立ちのまま、元気よく朝のぱおーんをしたゾウさんを、寝転がる春香の目の前でこれでもかと見せつけてしまっていた。

「お、男の子のって、こ、こんな大きくなるんだね……。ほ、保健体育の勉強になったし……」

「そ、それはよかったよ」

「えっと、朝勃《だ》ちって言うんだよね？　ほ、保健体育で習ったから、わ、わたし知ってるし……？」

「そ、そうだな。春香は勉強家だな……」

「あ、先っぽ剥けてる……仮性？」

「う、うん……」

つまりはそういうことだった。

「っていうか、なんで春香が俺の部屋のベッドで一緒に寝てるんだよ!?」

俺はすぐさま後ろを向くと、いそいそとトランクスとハーフパンツを穿きなおしながら春香に尋ねた。

「それはその、話せば長くなるんだけど」

すると、まだちょっと顔が赤いままの春香が事のあらましを説明し始めた。

◇遡ること1時間前　春香SIDE◇

「うーん。今日はこーへい、走らない日かぁ」

土曜日だけど、平日と同じように早起きをしたわたしは、
キャウン、キャン！

「ごめんねピースケ、待たせちゃって」

ピースケと一緒にこーへいの家の前を行ったり来たり、行ったり来たりを繰り返しながらうろうろしていた。

だけどいつもの時間を過ぎても、こーへいは一向に出てくる気配がなかった。

「ざーんねん、今日も朝から一緒にお散歩できるかなって思ったんだけどなー。学校が休みだから、ゆっくりお話できるし」

しかし出てこないのだからしょうがない。

別に約束していたわけでもなかったしね。

わたしはこーへいと一緒は諦めて、

『早く行こう！　早く！　散歩に！　さあさあ！　ご主人様、レッツゴー！』

と言わんばかりに、盛んに尻尾を振ってアピールしてくるピースケを連れて散歩に行こうとした。

だけどちょうどそのタイミングで、こーへいの家の玄関のドアがゆっくりと開いたのだ。

『あっ、こーへいかも！』って期待したわたしは、歩きかけた足を思わず止めて、出てくる人をジッと注視してしまう。

しかし玄関から出てきたのは見たことのない年配の女性だった。

目元や雰囲気がどことなくこーへいと似ているから、こーへいのお母さんかな？　ってことは未来のお義母《かあ》さん？

などと、ついついお馬鹿な妄想をしてしまったわたしの心の内など知るよしもなく、

「あら、おはようございます。わんちゃんのお散歩中かしら？」

こーへいのお義母さん――じゃないお母さんは、初対面のわたしにも物腰柔らかく挨拶をしてくれた。

「お、おはようございます！　はい、散歩中なんです！」

おっとと！

緊張して、つい声が大きくなっちゃった！

こーへいのお母さんとの初めての会話に、わたしは緊張せずにはいられない。

「可愛い子犬の柴犬ね。お名前はなんて言うのかしら？」

「この子はピースケって言います」

「ピースケちゃん、素敵なお名前ね」

「ありがとうございます。えへへ、よかったね、ピースケ。素敵なお名前だって」

いやーん、お義母さんに素敵って言われちゃったぁ！

ナイスアシストをしてくれたピースケの頭を、わしゃわしゃっと撫でてあげると、ブンブンブンブンブン！

ピースケが全力で尻尾を振って喜びを表現した。

「それで、あなたはもしかしてうちになにか御用なのかしら？」

「あ、いえ。用というわけではなくてですね。ピースケの散歩の途中に偶然通りかかっただけなんです」

言い訳ではあったけど、嘘ではないと思う。

意図的に何度も何度も通りかかっただけなのだ。

そしてちょっとしたお義母さんへのご挨拶を終えたわたしは、そのままその場を離れようとしたんだけど――。

「あなたって高校生よね？　もしかして航平のお友達かしら？　あの子ならまだ寝てるわよ。起こしてきましょうか？」

お義母さんからそんな提案をされてしまったのだ！

「いえいえそんな、滅相もありません！　ピースケの散歩もしないとですし！　ほら、行こっか、ピースケ！」

そう言って今度こそこーへいの家の前から立ち去ろうとしたわたしに、しかしお義母さんは世間話を始める。

「私も昔、長いこと犬を飼っていたのよね。動物が好きで。ちょうどあなたくらいの歳だったかしら」

「そうなんですか？　奇遇ですね」

ふむふむ、こーへいのお母さんは動物好きで、子供の頃に犬を飼っていた、と。

わたしは心のメモ帳に書き記す。

「『モモ』って名前でね。今のあなたみたいに、休みの日も、雨の日だって毎日、散歩させていたものよ」

「そうなんですね」

お義母さんってば、急に昔話を始めてどうしたんだろう？

「あなたが散歩させている姿を見たら、なんだか懐かしくなっちゃった。よかったら、ピースケちゃんのお散歩をさせてもらえないかしら？　こう見えて、お散歩の腕は確かなのよ？」

「あ、えっと、ピースケが嫌がらなかったら、全然構いませんけど」

素直で純情なこーへいのお母さんだから、ピースケを蹴ったり虐めたりといった酷いことは間違ってもしないだろう。

「それでね？　その間、家に起きている人が誰もいなくなっちゃって不用心だから、代わりにあなたに航平の面倒を見てもらってもいいかしら？」

お義母さんが満面の笑みでにっこりと笑った。

「ええっ!?　えっと、その……」

「まったくいやねぇ、あの子ったら。なんにも言わないんだもの。こんなに可愛いガールフレンドがいるなんて、一言言ってくれたいいのにねぇ。やっぱり親には知られたくないものなのかしら」

「わたしはその、ガールフレンドというわけではなくて――」

「本当にもう、ちょっと奥手に見えたけど、なんだかんだ言って航平も男の子なのね。浮いた話はないし、春休みは急に外に出なくなるしで少し心配していたんだけど、いい意味で安心できたわ」

「あ、あの、えっと――」

「航平の部屋は階段を上がってすぐだから、勝手に入っちゃっていいわよ。どうせまだ寝ているでしょうし」

「は、はぁ……」

「じゃあ後は任せちゃうわね。あら、そういえば、まだあなたのお名前を聞いていなかったわね」

しまった！

せっかくのお義母さんへのアピールチャンスだったのに、自己紹介すらしていなかったなんて！

「申し遅れました。わたしは蓮池春香と申します。こーへいとは――航平くんとは高校で同じクラスで、席も近くて。とても仲良くさせてもらっています」

「春香ちゃんね。響きが柔らかくて明るいお名前ね」

「あ、ありがとうございます！」

えへへー、お義母さんに褒められちゃったぁ♪

「春ということは、お誕生日は最近なのかしら？」

「はい、四月三日生まれです」

「だったら航平よりもだいぶお姉さんね。ああ見えて航平は結構ナイーブなところがあるから、歳の近い弟と思って可愛がってくれると嬉しいわ」

「いえいえそんな！　わたしの方こそこーへいには――えっと、航平くんにはいつも助けてもらってばかりですので！」

「ふふっ、そうなの？　ちょっと意外かしら」

「ほんと、航平くんはすごく頼りになりますのでどうかご安心を！」

「春香ちゃんみたいなしっかりとした女の子にそう言ってもらえるなら、安心できるわ」

「全然そんな、わたしなんてまだまだですから」

そんな風にお義母さんとこーへい談義をしていると。

キャウン、キャン！

ピースケが元気いっぱいにわたしの足に跳びつき始めた。

いい加減待ちきれなくなったようだ。

「あらあら、ごめんなさいねピースケちゃん。随分と待たせちゃって。じゃあ1時間くらいしたら戻って来るから、その間、航平のことをお願いするわね。今日お父さん急な出張でいないのよ」

「あ、えっと、わかりました」

とまぁ？

このような経緯がありまして？

わたしはこーへいのお母さん公認で、こーへいが寝ている部屋に二人っきりで上がり込んでしまうことになってしまったのでした！

そして今、広瀬家を初めてお邪魔したわたしの目の前で、こーへいが気持ちよさそうに眠っていた。

「まったくもう、幸せそうな寝顔をしちゃって。ムダにかわいーんだから」

可愛らしいこーへいの寝顔に引き寄せられるように顔を近づけたところで、はっと我に返る。

「わたし今、無意識にキスしようとしちゃってた!?」

いくら最近いい感じの仲だからって、寝ている相手にそれはダメだよね！

寝ている相手……寝ているこーへい。

そうだよね、こーへいは今、寝ているんだよね、うん。

「ちょ、ちょっとだけなら？　って、いやいや」

でもでも？

キス自体はもうあの夜の告白大会の時にしちゃってるわけだし?

しかも一回じゃなくて二回もしちゃってるわけで?

だったら、ちょっとキッスをするくらいはギリギリなんとか有りじゃないかな?

アメリカ式の朝のあいさつ的な?

これもいわゆる一つのグローバルスタンダードっていうか?

「それにそれに、この前『えっちしよ?』って言ったら、こーへいもまんざらでもなさそうだったもんね」

あの後、わたしの部屋でお話していた間中ずっと、こーへいってばベッドを気にしてたんだもん。

「そうだよね、えっちがいいんだったら、ちょっとキスするくらいもオッケーだよね?」

意を決したわたしはさらに屈み込むと、唇を突き出しながら、ベッドで眠るこーへいの顔に近づいていった。

しかしあと一歩というところで、急にこーへいがこっちに向かって寝返りを打った。

「はわ——っ!?」

その拍子に、屈み込んでいたわたしの背中に手がかかって、わたしはそのままベッドに引きずり込まれてしまう。

「あ、あのっ!? えっと、ふあぁっ!? ぁ……はぅ……。こ、こーへい、だめ……わたしあの、本番は心の準備がまだ……! ちゃんと朝シャンしてきたから身体はいつでもオッケーなくらい綺麗なんだけど！　でもでもどうしても心の準備が、心の準備が、心の……って、こーへい？」

「すー、すー……むにゃぁ……」

「って寝てるし！　めっちゃ気持ちよさそうに寝てるし！」

わたしはこーへいを起こさないように小声でツッコんだ。

小声だけど全力でツッコんだ。

でも、そうだよね。

こーへいがいきなり女の子をベッドに引きずり込むような、そんなハレンチな真似をするわけがないもんね。

こーへいはすっごくヘタレだけど、でもすっごくすっごく優しい男の子だもん。

わたしはため息半分、安堵半分で大きく息を吐いて脱力すると、こーへいの寝顔を特等席から見ることにした。

こーへいは相変わらず気持ちよさそうに眠っている。

「さっきから楽しそうだけど、どんな夢を見てるのかな？　今眠ったら、同じ夢が見れたりして。なーんてね、ふふっ」

わたしがこれ以上なく幸せな気持ちで、頭がお花畑な妄想をしていると、不意にこーへいが顔を寄せてきて、

チュっ♪

気付いた時にはくちびるが一瞬、触れ合っていた。

「ぁぅ……んっ。キ、キスしちゃったし……」

で、でもこれはあくまで事故であって、故意性はまったくないから仕方ないよね？

さらにこーへいはわたしの身体をぎゅっと抱きしめてきて、つまりつまり、こーへいの身体がわたしにぎゅっと押し付けられて——。

「ぁ、こーへい、そこはだめ……っ、だめじゃないけど、ん、ぁ……っ、ふ、太ももに硬いの、当たってるよぉ……ぁっ、んんっ」

こーへいの太ももが、わたしの太ももの間にズイっと入ってきた。

どこととは言わないけれどこーへいの硬くなったところが、わたしの太ももにぎゅっと強く押し付けられる。

心臓が激しく高鳴っていた。

身体が火照ってドキドキが止まらなくて、胸の奥がキュンと切なくなってしまう。

だけど、こーへいに密着されてタガが外れたわたしが、『抱かれたら抱き返す。ハグ返しだ！』とばかりにこーへいを抱き返そうとした瞬間、

「んぁ……？」

パチッとこーへいの目が開いたのだ。

そして現在へと至る——。

◇春香SIDE　エンド◇

「――というわけだったのです、まる」

春香の説明を聞き終えた俺は、

「母さん、春香とは初対面だろうに疑いもせずに家に入れるだなんて、何を考えてるんだ」

食卓に春香と向かい合って座りながら、頭を抱えていた。

ちなみに話の途中で、女の子の前で就寝用のTシャツとハーフパンツというだらしない格好でいるのはどうかと気付いて、着替えたついでに居間へと移動している。

普段の部屋着とは違った、余所《よそゆ》行きのちょっと小ぎれいな服だ。

まあほら、春香が家に来ているからさ？

ちょっとぐらいは見栄を張りたいだろ？

「こーへいのお母さんらしくて、優しい人だねー」

「これは優しい、って言うのかな？　春香がテロリストだったら俺は寝首を掻かれて殺されてたぞ？」

「あはは、なんでこーへいがテロリストに狙われるのさ？」

「わからないだろ？　人類存亡にかかわる重要な秘密を握って生まれてきたかもしれないし」

「生まれてきたの？」

「……いや、生まれてきてないけどさ」

もちろん俺はそんなファンタジーな設定を持ってはいない。

「じゃあいいじゃん？　それに、こーへいのお母さんのおかげでこーへいの寝顔も見れたしねー。すっごく気持ちよさそうに寝てたよ？」

「二度寝してたんだよなぁ」

「わかる〜、二度寝って気持ちいいよね。気が付いたら一時間とか過ぎちゃってるもん」

どうやら春香も二度寝の魔力には抗えない女の子だったようだ。

「それと、このことは学校では言いふらさないでくれよな？」

「こんなえっちなこと、外では言いふらさないもーん。それに――」

「ん？」

「わたしとこーへいの、二人だけの秘密の方が素敵でしょ？」

春香がそれはもう嬉しそうに笑った。

その笑顔が可愛すぎて、魅力的すぎて、思わず見とれてしまっていると、ガチャっと玄関のドアが開く音がして、母さんが帰ってきた。

「母さんお帰り」

「こーへいのお母さん、お帰りなさい」

「ただいま二人とも。春香ちゃん、航平を起こしてくれてありがとう。ピースケちゃんはうちのお庭で遊ばせているわよ」

「ありがとうございます」

窓の外に視線を向けると、ちょうどピースケが庭を歩いているのが目に入った。

ピースケはあちこちきょろきょろと興味深そうに視線を向けながら、うちの庭を探検している。

あ、ちょうちょに向かって何度も手を出しては、かわされてるぞ。

相変わらず可愛い奴だな、とかなんとか微笑ましく思っていると、
グ〜〜〜。

俺のお腹が空腹を盛大に訴えた。

「はいはい、ごめんなさいね、朝ごはんが遅くなっちゃって。すぐに作るわね」

「もぅ、こーへいってば、お腹の音でご飯を催促するなんてお行儀悪いぞ〜？」

「そんな漫画キャラみたいな器用なお腹はしてないからな？　ただの生理現象だからな？」

「あははは っ」

「でも春香も来てるし、今日はちゃちゃちゃっとシリアルで済ませるよ」

春香を待たせるのも悪いと思った俺は、そう考えたんだけど。

「春香ちゃんも朝ごはんはまだよね？」

「はい、実はまだだったりです」

「だったらせっかくだし、今日は春香ちゃんに朝ごはんを作ってもらったらどう？」

母さんがそんな突拍子もない提案をしたのだ。

春香に迷惑だからいいよ——と俺が言うよりも先に、

「いいんですか!?」

春香が興奮を隠そうともせずにその提案に食い付いた。

もう思いっきり『ガブッ！』って感じ。

「もちろんいいわよ。じゃあお願いしちゃうわね？」

「お任せください！　こう見えて料理は得意なんです！」

「ふふっ、春香ちゃんは家庭的なのね」

「春香は結構な腕前なんだぞ」

「あら、航平。春香ちゃんの料理の腕前を知っているような口ぶりね？　もしかしてお弁当とか作ってもらったりしてるのかしら？」

「ま、まぁ、一度だけ……な」

「あらそう、ふぅん」

母さんが意味深な視線を向けてくる。

くっ、今のは完全に藪蛇《やぶへび》だった。

「ではではこーへいのお母さん、冷蔵庫を見せてもらってもいいでしょうか？」

「もちろんいいわよ。何でも好きな食材を使ってね。もちろん春香ちゃんの食べる分も作っていいからね」

「ありがとうございます。こーへいのお母さんも朝ごはんはまだですよね？　一緒に作っちゃいますね」

「あらありがとう。でも気持ちだけ頂いて、わたしは外で食べてくるわ」

「そうなんですか？」

「だって二人の邪魔をしちゃ悪いでしょう？」

そう言った母さんは妙に嬉しそうだ。

まったく、なにを邪推してるんだか。

「いや、俺たちは別にそんな関係じゃないから」

しかし俺のその言葉を聞いた母さんは突然、

「航平、それがご飯を作ってもらう女の子に言うべき言葉なのかしら？」

地獄の底から響いてくるようなものすごく怖い声で言った。

「まぁまぁこーへいのお母さん。それはおおむね事実なんです。わたしの方から絶賛アタック中なだけですので、こーへいを責めないであげてください」

「ああもう、春香ちゃんは健気《けなげ》ねぇ。それといちいち『航平の』なんてつけなくても、お母さんでいいわよ？　呼びにくいでしょう？　もしくはおばさんでも構わないから」

「おばさんだなんてそんな！　それじゃあこれからは『お義母さん』って呼ばせてもらいますね！」

「春香ちゃんは本当に素直で可愛いわねぇ」

「えへへ、ありがとうございます。では早速お台所をお借りしますね、お義母さん」

母さんとそんな会話をしたかと思ったら、春香は冷蔵庫の中を軽く確認すると、高い女子力をいかんなく発揮して、それはもう手際よくベーコンを焼いて目玉焼きを作った。

さらにはミニトマト、レタス、きゅうり、あとタマネギを薄くスライスして簡単な生野菜サラダを完成させ。

最後に仕上げとばかりに、ふんわり泡でいっぱいなカフェオレを用意してくれたのだ。

ここまでかかった時間は、わずかに十五分。

まるで熟練の職人のような手際の良さだった。

「なんだこの、ふわふわで泡いっぱいのカフェオレは!?　ミルクの泡がコーヒーの上に雲みたいに綺麗に浮かんでいるぞ！」

「ふふふ、いい感じでしょ？」

「オシャレな喫茶店で出てくるすごいカフェオレが、うちの台所で作られたことに驚きしかない……しかもすごく美味しいし」

専用の機械も使わずにこんなオシャレなカフェオレを作っちゃうなんて、春香ってマジすごくない？

コーヒーに牛乳を入れてレンジでチンしただけの広瀬家のコーヒー牛乳とは、存在レベルからして違っているぞ？

春香の料理の腕前に、俺が改めて感心していると。

「ねぇねぇ、春香ちゃんは航平のどこを気に入ったのかしら？」

春香が料理する姿を食卓から笑顔で見守っていた母さんが、手際よく料理を終えて、俺の向かいの席へと座った春香に話し始めた。

「それはその、えっとですね。例えば……」

「うんうん」

「すっごく優しいとことか、ちょっとヘタレなとことか、でもやる時は誰よりもやるところとか、運動神経がいいところとか。ぶっちゃけ全部といいますか……ごにょごにょ」

「あらあらまぁまぁ。全部だなんて嬉しいことを言ってくれちゃうわねぇ。そうだ、よかったら後で航平の昔の写真を見せてあげましょうか？」

「ちょ、母さん、なに言って――」

「ほんとですか？　すごく見たいです！」

「そうよね、昔の航平のことも知りたいわよねぇ」

「すごく知りたいです！」

「今はこんなだけど、小さい頃の航平ってばとっても可愛いかったのよ？　特に最後におねしょをした時なんて、わんわん泣きながら部屋に閉じこもっちゃって――」

「母さん、今から外に行くんだろ？　ほら早く行ってきなよ！」

話が俺の黒歴史に触れそうになったところで、俺は強引に話を遮った。

「はいはい、お邪魔虫は退散しますね。春香ちゃんとおうちで二人っきりの方が、そりゃあ航平も楽しいわよねぇ。ごめんなさいね、お母さん気が利かなくて」

「別にそんなんじゃないから」

「そんなに急いで出ていくって──もしかして二人きりにさせてくれるのか？」


「照れなくてもいいわよ」

「ぜんぜん照れてないってーの」

「はいはい。じゃあお母さんは外で朝ごはんを食べてから、デパートにでも行ってくるわね。二時間くらいは帰ってこないから、春香ちゃんもゆっくりしていってね」

母さんはそう言い残すと、すぐに出かけていった。

っていうか、こんな時間からデパートは開いてないだろ？

まだ八時過ぎだぞ。

朝ごはんに一時間かけても九時じゃないか。

服だってご近所にちょっと出かけるようなラフな格好だし。

『二時間くらい帰ってこない』とかも、変な気を回しすぎだってての。

そして母さんが出ていったことで、再び家には俺と春香が二人きりということになった。

もちろん、だからといって朝っぱらから春香に変なことするつもりはないんだけどな。

俺と春香は付き合っているわけでもないし、コ、コンドームもないしな……こほん。

「じゃあ冷める前に食べるか」

「どうぞ召し上がれー」

二人きりになった広瀬家の食卓で、俺は春香の手作り朝ごはんを食べ始めた。

「このベーコン、カリカリに焼けててすごく美味しいな」

「ありがと♪」

「うーん、同じ素材を使っているはずなのに、俺が適当に作るのとは全然違ってるもんな。俺がベーコンを焼くと、カリカリじゃなくて焦げたりムラができたりするんだよなぁ」

「多分だけど、しっかり焼きたいからって火力を上げすぎてない？　焦げたりムラができるのって、たいてい火が強すぎるのが原因だから」

「なるほど、そういうことか。たしかに火が強い方がしっかり焼けるし時短にもなるって勝手に思ってたよ」

「やっぱり。でも時短は時短で大事だから、家庭料理はどっちかの追求よりも、時短と美味しさの両立が、腕の見せどころなんだよねー」

「奥が深いな」

「ふふっ、そうでもないよ？　ベーコンの焼き方くらいなら慣れたら簡単だから、今度教えてあげよっか？」

「速く上手に焼けるに越したことはないし、機会があったら教えてもらおうかな」

「じゃあ今度一緒にお料理しようねっ♪」

ベーコンに始まり、一通り春香の作ってくれた朝食の感想を伝えてから、

「さっきはごめんな。寝ぼけていたとはいえ、春香をベッドに引きずり込んじゃってさ」

俺は改めて、先ほど部屋で春香をベッドに引きずり込んでしまったことへの謝罪を口にした。

「ううん。わたし的にはぜんぜん。むしろ役得だったし？」

「そうか？　ならいいんだけど」

「こーへいのベッドに入ってこーへいの匂いに包まれて一緒に寝るなんて、えへへ、ちょっと新婚さんみたいだったから」

お箸で摘まんだミニトマトをハムッとしながら、嬉しそうに春香が告げる。

うっ、何気ない仕草も文句なしに可愛いな！

「一緒に朝ごはんを食べるのは、たしかに新婚さんっぽくはあるよな」

大学生とか社会人になればともかく、高校生のカップルだとお昼ごはんにお弁当を作ってもらうことはあっても、朝ごはんを作ってもらって家で一緒に食べるなんてことは、まずないんじゃないだろうか？

しかも二人きりで。

「将来の予行演習みたいな？」

「日々、外堀が埋められていく気がする」

「ガッツリ埋めにいってますから」

「だよな、そんな気がしてたよ」

ついには母さんにまで気に入られちゃってるし。

これもう外堀とか内堀をすっ飛ばして、本丸にまで攻め込まれているんじゃないか？

でも最近はそれならそれでいいかなって思う自分もいた。

だってこんなに真正面から好き好きアタックされているんだぞ？

そうでなくとも、もともと春香はかなり可愛いのだ。

千夏のことを引きずってさえいなければ、俺はもろ手を挙げて速攻でオーケーしたことだろう。

断る理由がない。

正直に言おう。

俺は春香に対して『友だち』の枠では収まりきらないほどの、大きな好意を抱いていた。

もしかしたらこれこそが、俺の探している『誰かを好きになる』って気持ちなのかもしれない。

だけど、だ。

仮にそれが『誰かを好きになる』ことだったとしても、春香から向けられる熱量に応えられるだけの『好き』である自信は、全くと言っていいほどありはしない。

なぜなら俺の心の中には、まだ千夏がいたから。

千夏という女の子のことを『思い出』にするには、好きでいた時間があまりにも長すぎたから。

俺の心の中にある千夏への未練を断ち切れない限り、俺の『好き』はどんなに言葉を取り繕っても、春香の『好き』には釣り合わない気がした。

そしてそんな程度の『好き』である以上、俺は春香の『好き』には応えられなかった。

応えるべきじゃないと思った。

それはあまりに不誠実だと思うから。

──などと、春香が作ってくれた素敵な朝ごはんを食べながら、俺が妙に真剣に自分の心と向き合って思案していると、

「ねぇねぇ、せっかくだしこの後どっかに遊びに行かない？」

春香がそんな提案をしてきた。

おっとと、今は楽しい春香との時間だ。

俺は慌てて気持ちを切り替えた。

「いいな。春香はどこ行きたいんだ？」

「特にどこっていうのはないんだけど、一緒にいたいなって思って」

「そういや春香、この前、そろそろ夏物の服を見に行きたいなーとか言ってたよな？　この後、一緒に見に行くか？」

「それだとわたしが服を選んでる間はこーへいは暇で、あんまり楽しくないんじゃないかな？　お小遣いには限りがあるから、じっくり時間をかけて見比べたいし」

「春香となら、一緒に見ているだけでも楽しいと思うけどな」

「そう？　でも結構時間かかるよ？」

「着回しとか、既に持っている服とか靴とかカバンとの兼ね合いとか。そういうのをいろいろ考えて買うんだろ？　女の子はオシャレに気を遣わないといけないから大変だよな」

女の子の買い物が長いのは、千夏との買い物で何度も経験済みだ。

めんどくさがりな俺としては、男に生まれて良かったと思える点ではあるが、春香と一緒な

ら楽しくないはずがない。

「わわっ、こーへいがそんなことを思ってたとかビックリ。っていうか、とっても意外かも？　ああでも。なんかちょっとわかっちゃったかな。相沢さんに教えてもらったんだよね？」

「まぁ、そうだな」

そりゃ、ろくに女友達がいない俺の情報源は、そこしかないよな。

春香でなくても、俺と千夏の関係を知っている人間なら、ちょっと考えればすぐにわかる結論だ。

「あーあ、相沢さんはわたしの知らないこーへいをたくさん知ってて、なんか悔しいなぁ」

「なんだかんだで、千夏とも長い付き合いだからな」

俺と千夏は生まれてから十五年、人生のほとんど全部の期間を家族のように一緒に過ごしてきたから。

「よーしっ！　じゃあ今日はこーへいと一緒にお買い物デートしようっと！　それで相沢さんとのお買い物よりも、こーへいに楽しんでもらうんだもん。それがわたしの今日の目標！」

千夏の話が出たせいか、春香はやる気をメラメラとみなぎらせていた。


そういうわけで。

今日は一日、春香の買い物に付き合った。

時に『これ素敵！』と目を輝かせ。

時に『これはなかなか……でもこっちの方が多分合うよね』と真剣なまなざしで吟味し。

時に『むむむむむ……』と頭を悩ませる。

可愛い洋服をあれこれ試着しては、『似合う？　ちょっと子供っぽくない？』などと俺の感想を尋ねてくる春香は子犬のように可愛くて、一緒にいてとても楽しかった。

表情がくるくる変わって、見ていて全然飽きることはない。

いろんな可愛い服を試着する春香も見れて、とても幸せな時間だった。

女の子との買い物が長くてつまらないっていう男がいるけど、ちゃんと女の子本人を見ていないんじゃないかって俺は思うな、うん。

もちろん個人の感想です。

■5月9日■

飛び石連休だったものの、たくさんの休日があったゴールデンウィークという特別な休暇期間が終わり、俺たちにも高校に通ういつもの日常が戻って来た。

「こーへい、次は移動教室だから一緒に行こーよ」

二時間目が終わるとすぐに、目の前に座る春香が後ろを向いて声をかけてきた。

「おっと、三時間目は選択教科だったたか」

「もう、こーへいってば忘れてたの？」

「選択教科は週一だし宿題もないから、存在そのものをつい忘れちゃうんだよなぁ。しかもゴールデンウィーク明けだしさ」

「気持ちはわかるけどねー」

「だろ？　前日の夜に明日の用意をしながら、そういや選択教科の日だったなって思うんだけど、寝て起きたらすっかり忘れちゃってるんだよな」

うちの高校では、一年生は美術と音楽のどちらかを芸術の選択教科として選ぶことになっている。

週に一度、二コマ続けての連続授業になっていて、俺と春香は二人とも美術を選択していた。そして授業場所は美術室なので、美術室のある特別棟まで移動する必要があった。

「あはは、入学して一か月も経ってるのに忘れてて遅刻したら、みんなに笑われちゃうよ？」

「じゃあ笑われないためにもさっさと行こうか。美術室は遠いしさ」

「早く行った方がいい席も取れるしね」

「自由席だから、遅く行くと席が埋まってて、一人で知らないグループの間に入って悲惨なんだよなぁ……」

明るくて可愛くて友達も多い春香とは対照的に、俺は入学式に暗黒の逆高校デビューをかましてしまったせいで、今なお交友関係が極めて薄い。

なので春香と席が離れてしまうと、授業中にボッチ化することが確定してしまうのだ。

俺は個人ロッカーに入れっぱなしにしている美術の教科書と絵具セットを引っ張り出すと、

春香と連れ立って特別棟にある美術室へと歩き出した。

「そういえばなんだけど、こーへいはなんで美術を取ったの？　美術が好きって感じでもないし、授業の楽さも音楽の方が楽だよね？」

歩き出してすぐに春香が尋ねてくる。

「そうだな……しいて言うなら、理由がないのが理由かな」

「なにそれ？　禅問答っていうやつ？　こーへいは実は意識高い系？　似合わないよ？」

「サラッと似合わないとか言うなよ……でもそんな高尚なものじゃなくて、そのまんまの意味だよ」

「ごめん、こーへい。全然意味がわからないかも」

「ほら。入学式の日に選択教科の希望の紙にチェックを入れただろ？」

「うん、入れたよ？　美術にチェックを入れたから、選択教科が美術になったんでしょ？　それがどうしたの？」

春香が不思議そうな顔をしながら、チェックを意味するVの字を指で空中に描いてみせる。

「あの時はさ、高校生活とかどうでも良かったから、投げやりな気持ちで適当にチェックを入れて出したんだよ。正直どっちにチェックしたかすら覚えてないんだ。どうも美術だったらしいけど」

入学式の日の、今思えば世捨て人のような暗く沈んだ思考を思い出して、俺は思わず苦笑する。

あの時の俺は「芸術の選択教科が音楽か美術かなんて、もはや終わった俺の人生には何の意味もないだろ、ハハッ……」とかそんなことを思っていたから。

「あはは……こーへいもいろいろ大変だったもんね。でもそのおかげで選択教科がこーへいと一緒になったから、わたし的には良かったかなー」

選択教科が一緒になっただけだっていうのに、それはもう嬉しそうに笑う春香。

俺へと向けられる好意の塊のような笑顔に、俺はつい見とれてしまいそうになって、

「そういう春香は、なんで美術を取ったんだ？」

どうにもくすぐったい胸の高鳴りをなんとか抑えて平静を装いつつ、今度は春香が美術を選んだ理由を尋ね返した。

「わたしは単純に、ピースケの絵を描きたかったの。普段は絵なんて描かないから、いい機会だなって思って」

「へぇ、いいじゃん。ちゃんと目標らしい目標があってすごく高校生っぽい」

「えへへ、そう？　アオハルしちゃってる？」

「してるしてる、超してる。やっぱり目標を持つって大事だよなぁ」

春香の何事にも前向きで積極的なところは、本当に魅力的だと改めて思った。

「そうは言っても、絵はあんまり得意じゃないから要練習なんだけどね。絵を上手に描ける人ってほんとすごいよね。魔法みたい」

「すごいよなぁ。俺も絵は下手だから、頑張って練習しないとだよ。1学期の最後に絵の課題

を提出しないといけないし」

自慢じゃないが、俺は美術のセンスが限りなくゼロだ。

なので、こと成績という意味においては美術を選んだのは正直、大失敗だった。

ただ、それでも。春香と一緒にいられるからな。

美術の時間は席が自由で、絵を描いている時もうるさくしなければ私語オッケーの緩い授業だから、結果的に災い転じて福となすだった。

「こーへいはまぁ、うん、あんまり上手ではないよね。あはは……」

俺が悪戦苦闘しながら描く下手っぴな絵を毎週、隣で見ている春香が、思い出したように苦笑いをする。

「素直に下手って言ってくれていいぞ。下手なのは自分でもわかってるから」

例えば今は授業の課題でラグビーボールの水彩画を描いているんだけど、線はよれよれだし、立体感はゼロだしで、はっきり言って見れたものじゃない。

鉛筆デッサンの下書きをなんとか描き上げた時点で、『ああ、俺は美術のセンスが欠片もないな』って改めて痛感したからな。

「個性は大事だと思うよ？　ほら、単に真似るだけなら写真には絶対に勝てないわけだし」

「慰めてくれてありがとな春香。でも正直、技術的なところは諦めてるから、後は先生が一生懸命やっているのを見て、過程を評価してくれることを祈るばかりだよ」

あと小学生並みのクオリティを誇ってしまう俺の絵を語るのに写真を持ち出すなんて、写真愛好家の皆さんに怒られちゃうぞ？

「あ、こーへいがもうヘタレてるし。簡単に諦めちゃだめだぞー」

「だって週に一回じゃ技術的な上澄みはどうやったって無理だろ？　だったら後はもう過程で見せるしかないよ」

なのでヘタレとはちょっと違うと思うんだよなぁ。

「そんなこと言って、そもそも授業の存在すら忘れてた癖にー」

春香が笑いながら、俺の肩のあたりをツンツンとつついてくる。

「それは言わないでくれ。授業中はちゃんと真面目にやってるからさ」

「えへへ、じゃあわたしとこーへいだけの内緒ってことで♪」

「そうしてくれるとありがたいな」

春香と楽しく話しているうちに美術室に着くと、俺たちは後ろ目の席に二人で隣り合わせに座った。

教室移動に時間がかかったので、ほどなくチャイムが鳴って美術の授業が始まる。

俺は春香と時おり小声で話をしながら、「さあ俺を描いてみろ」と言わんばかりに台の上にデンと置かれたラグビーボールを、慣れない筆づかいでたどたどしく描いていった。

途中でチラリと春香のイラストを見ると、美術部みたいにめちゃくちゃ上手ってわけじゃないけど、しかしちゃんと立体的でラグビーボールに見える絵を春香は描いていた。

うーん、春香はなんだかんだで下手じゃないんだよなぁ。

よしっ！

下手なのは仕方ないにしても、春香にカッコ悪いところはあんまり見せたくないから、俺も下手なりに頑張ろう！

まずは分析だ。

春香と俺の絵の何が違うのか、俺が違いを探ろうと春香の絵を観察していると、

「さっきから手が止まってるけど、どうしたの？」

手を止めた春香が、俺へと顔を向けた。

「俺の絵、すごく平面的だろ？　だから春香みたいに立体的に描くにはどうしたらいいかなって思って、観察してたんだよ」

「わっ、意外と真面目な理由だし。サボってたわけじゃなかったんだ」

「意外とか言うなよ、意外とか。俺はいつでも真面目に授業を受けてる、極めて善良な高校生だっての」

「えへへ、めんちゃい。それでなにかわかったの？」

「いや、特には……なんだかんだで春香は上手いなぁと思っただけで。そうだ、なにかアドバイスとかコツとかないかな？」

春香は明らかに俺より上手だし、せっかくだから聞いてみよう。

「わたしも絵はなんとなくで描いてるから、他人にアドバイスできるようなことはないかなぁ。ごめんね」

春香が申し訳なさそうに、筆を持っていない手を上げて「ごめんなさい」のポーズを取る。

残念ながらそういうことのようだった。

「仕方ない、地道に描くか。千里の道も一歩からだ」

「さすがこーへい、いいこと言うじゃん」

俺は再びラグビーボールの絵を描き始めた。

がんばってグラデーションとか影を付けてそれっぽくした結果。

「なんとなく立体感が出たような、出てないような。いや、そうでもないか……」

俺は出来上がった自作の前でがっくりと肩を落とした。

やはり俺の美術の授業は前途多難のようだ。

■5月10日■

「ピースケって結構、力あるんだな」

何の変哲もない平日の早朝。

俺は春香の家の近くの住宅街で、ピースケのリードをしっかりと握りながら——だけど元気いっぱいのピースケに半ば振り回されるみたいに強烈に引っ張られながら——春香に代わってピースケに朝の散歩をさせていた。

ぐいぐいと持っていかれそうになるのを、踏ん張って必死にこらえる。

「うーん、なんだか今日のピースケは、いつもより二倍くらい元気かも？」

そんな俺とピースケを見て、隣を歩く春香が不思議そうに首を傾げる。

「だよな？　元気だよな？　ピースケのやつ滅茶苦茶ハッスルしてるよな？」

俺がリードを持つのに慣れていないってのもあるんだろうけど、それを差し引いてもピースケは明らかにぐいぐい来ていた。

「きっとこーへいに助けてもらったことを覚えてるんだよ。だからこーへいにリード持ってもらうのが嬉しいんだよ。ね、ピースケ？」

キャウン、キャン、アン！

春香の問いかけにピースケが嬉しそうに返事をする。

「ほら、ね？」

「そっか、ピースケは義理堅いんだな。偉いぞピースケ」

キャン、キャワン！

俺の言葉に、ピースケが今度はクルクルっと連続で横回転して喜びを表現する。

「二人は仲良しさんだねー」

それを見た春香が嬉しそうに笑った。

ま、これだけ元気いっぱいなんだ。

春香と初めて会った日に、ピースケが散歩の途中で逃げ出したことにも納得だよな。

俺と春香は最近のマイブームとか、学校でのあれやこれやをとりとめもなく話しながら、しばらくピースケの好きなように進ませていった。

「なぁ春香」

「なにー？」

「今さらなんだけどさ、ピースケの行きたいように進ませちゃってるけどいいのか？　いつもの散歩って、コースが決まってるっぽかったよな？」

その途中で、俺は少し気になったことを春香に尋ねた。

なるべく車通りの少ない道を散歩コースにしている、みたいなことを春香が言っていたのを、ふと思い出したからだ。

「普段は安全なお散歩コースを決めてて、そこから外れないようにはしてるんだけど」

「だよな」

「でも今日の飼い主はこーへいだから特別かな。車やバイクが来てないかどうかは、わたしが隣でしっかり見てるし。ふふっ、よかったねピースケ。こーへいにリードを持ってもらって」

キャウン、ワンッ！

ピースケは嬉しそうに吠えると、今度は住宅街の中にある小さな公園へと俺を引っ張っていった。

「へぇ、こんなところに公園があったんだな。全然知らなかった」

「小さい公園だからね。遊具もブランコと小さな滑り台と、あと砂場しかないし。こーへいの家がある川の反対側の人は多分、ここに公園があること自体ほとんど知らないんじゃないかな」

「しかも小さいだけじゃなくて、隣に建ってる家が近くて公園全体がちょっと暗いよな。遊ぶためっていうより、空いていたスペースを用途がないから公園にしたって感じか？　あと人がいない」

早朝とはいえ今日は天気もいいから、公園なら散歩や体操をしている人がいてもおかしくないはずだ。

「近くに広い公園や河川敷があるから、子供も大人もみんなそっちに行っちゃうんだよね」

「だよなぁ。ここじゃ野球もサッカーも、お年寄りのゲートボールもラジオ体操もできないもんな」

近所のお母さんが、小さな子供を連れてちょっと遊ばせるくらいしか使い道がなさそうだ。

「でもね？　いつも人がいなくて静かだから、逆に一人になって気分転換したい時とかは結構いい場所なんだよね。小さい頃から、しんどいことがあるとここに来て、一人でぼぅっとしながらブランコに座ってるの」

「心の避難所みたいなもんか」

小さな公園でブランコに座って物思いにふける美少女。

実に絵になるよな、なんてことをちょっと思ってしまう。

「あ、今のちょっといいこと言ったとか思ったでしょ？」

「まぁ、ちょっとはな」

春香の鋭い指摘に俺は苦笑を返した。

「それでね。『あーあ』って、ため息をつきながらブランコをキコキコしてると、いつの間にか少しだけ気が楽になってるの。そしたら最後は立ちこぎからの大ジャンプ！」

春香は立ちこぎをして勢いをつけるとジャンプをし、両足をそろえて軽やかに着地する。

「いいな、それ。あとナイスジャンプ」

「でしょ？」

「いい情報をありがとな。俺も今度から嫌なこととか一人になりたいことがあったら、ここを使わせてもらうよ」

「わたしとこーへいの仲だから、特別に使用料は負けといてあげるね」

「まさかの有料だったのか……」

でも住んでいる街なのに、普段通らないってだけでまったく知らないもんなんだな。

世の中は広いなってことと、人間ってちっぽけなんだなってことを、俺は妙にリアルに実感していた。

世界の真理にたどり着かんとする思索の賢者・航平――なんちゃって？

「どうしたの、こーへい？　ほら、次行こう？　ピースケが待ってるよ？」

ちょっとお馬鹿なことを考えていた俺に、春香が笑顔で声をかけてくる。

見ると、ピースケもハッハッハッと準備万端で待ち構えていた。

「よし、じゃあ散歩を再開するか。ピースケ、次はどこに行くんだ？」

俺と春香はピースケの散歩を再開した。

だらだらととりとめもない話をしながらのお散歩は、ほとんどデートのようで。

今日も平和で楽しい一日になりそうだと、そんな予感めいたものを感じずにはいられない俺だった。

◇

その日の夜。

この日も千夏の両親は帰るのが遅く、千夏は広瀬家で一緒に晩ご飯を食べた。

食後のお茶を飲んでから、隣接する自分の家まで帰る千夏をいつものように玄関まで見送ると、

「ねぇ、航平。ちょっといいかな？」

両家を行き来する用のサンダルに足を通した千夏が、少し改まったような口調で言った。

「ん、なんだ？」

「あのね――」

しかし割となんでもはっきりと言う性格の千夏にしては珍しく、千夏はそこでいったん言い淀むと、

「ううん。やっぱりいいや」

いたずらでも思いついたかのような子供っぽい笑顔で、にっこりと笑った。

「なんだよ、なにか俺に言いたいことがあったんじゃないのか？」

「あったんだけど、今はやめておく」

「そんな言い方されると気になるだろ」

「まあいいでしょ？　じゃあまた明日ね」

「ああ、また明日」

「寝坊しちゃだめだよ？」

「朝が弱くて寝坊が多いのは、俺じゃなくて千夏の方だろ」

眉目秀麗、成績優秀、インドア派だけどスポーツもそれなり。

大概のことは何をやらせてもそつなくこなす完璧超人な千夏の唯一の弱点は、朝がとても弱いことだ。

「そんなこと言うなら、明日は頑張って早起きしちゃおうかな」

千夏は最後にそう言うと、バイバイと小さく手を振ってから、自分の家へと帰って行った。

「……千夏のやつ、結局なにが言いたかったんだろうな？」

俺は小さく首を傾げながら、自室に向かうために階段を上り始めた。

【第6章】

■5月12日■

「航平、今日は一緒に学校行こう？」

それは唐突な一言だった。

すっかり朝の恒例行事となりつつあった春香&ピースケとの早朝お散歩デートを終えた俺が、高校に行くために家を出る寸前。

俺の家の玄関に千夏がやってきて、いきなりそんなことを言い出したのだ。

「え？　きょ、今日？　今からか？」

なんでいつもは遅刻しないギリギリの時間に家を出る朝が弱い千夏が、今日に限って早く起きて、俺と一緒に登校しようなんて言い出したんだ？

混乱と同時に俺は激しい焦りを感じていた。

靴を履いている途中だったんだけど、学校指定のローファーのかかとを思わずクシャっと踏んづけてしまう。

「そうだよ？　だって航平も今から学校に行くんでしょ？」

「そりゃまぁ、そうなんだけど」

俺がなぜ焦っていたかと言うとだ。

「誰かと待ち合わせ？」

「いやあの、今日はその、なんていうか」

それはもちろん、春香と一緒に登校する約束をしていたからだった。

「もしかして女の子？　だったら私がいるとお邪魔かしら」

「千夏のことを邪魔だなんて、俺が思うわけないだろ」

つい反射的に言ってしまってから、ああ、これを言っちゃうと引っ込みがつかなくなるな、と気が付く。

もちろん今さら後の祭りだ。

他の女の子と仲良くしていると千夏に思われたくない——そう反射的に思ってしまった、なかなか未練を断ち切れない俺の情けない気持ちが全ての原因だ。

もちろん春香に申し訳なく思いはしたんだぞ？

だけどその、つい思わず言ってしまったのだ。

うん、さっきから言い訳ばっかりで、全方位に対して不誠実だよな。

自分で自分の株を下げるのは、これ以上はやめておこう。

「良かった。じゃあ一緒に行きましょ」

にっこり笑顔の千夏に、

「お、おう。うん、そうだな……」

俺はなんとも曖昧な言葉を返すしかなかった。

「航平と一緒に高校に行くのって初めてだよね？　中学校にはいつも一緒に行ってたのに」

「そ、そうだな」

話している間にも春香との待ち合わせ時間が、刻一刻と迫ってくる。

いつまでもグダグダしてはいられない。

「ほら、行こう？」

綺麗なロングの黒髪をさらりとなびかせながら、颯爽と歩きだした千夏の背中を追いかけるようにして、俺は玄関を出た。

「実はその、いつも一緒に登校しているクラスメイトがいるんだよ」

千夏の横に並ぶと俺は小さな声で進言した。

「女の子？」

すると千夏からはそんな言葉が返ってくる。

くっ、敢えて女の子とは言わずにクラスメイトって言ったのに、速攻で突っ込まれてしまったぞ。

「えっと、いや、うん、まぁ……女の子だよ」

「へぇ、そうなんだ。それで、それがどうかしたの？」

「いや、どうもしないんだけどさ」

というわけでだ。

俺は千夏と一緒にまずは徒歩五分、春香の家まで行ったんだけど――、

「こーへい、おっはぁ……？　えっと、相沢さんだよね？　一組の。な、なんでこーへいと一緒なの？」

春香の視線は俺ではなく隣にいる千夏にくぎ付けだった。

千夏と一緒に登校していることを俺がいったいなんと説明――というか釈明したものかと悩んでいると、

「六組の蓮池さんですよね？　相沢千夏です。初めましてでいいのかしら。いつも『幼馴染』の航平のお世話をしていただき、ありがとうございます」

俺が何かを言うよりも先に、千夏がさらりと自己紹介をした。

――したんだけど、なにその変な自己紹介？

『幼馴染』という単語に、妙に強いアクセントがあった気がしたんだけど？

それに『お世話をしていただき、ありがとう』って、お前は俺の保護者かよ？

「えっと蓮池春香です！　こーへいとは、お付き合いを前提にお友達をさせていただいてます！」

そして春香も負けじと、珍妙を極めた自己紹介を繰り出した。

いやいや『お付き合いを前提にお友達をさせていただいてます』って、それどんな日本語だよ？

事実そうなんだけど、今この場でそのアピールは必要なのかな？

「お付き合いを前提に？　航平とですか？」

千夏が驚いたような顔を見せ、

「そ、そうですけど？　それがなにか？」

逆に春香は『ふふん！』と妙に勝ち誇った顔をする。

「つまりまだただの友達であって、航平とは付き合っていないという認識でいいんですよね？」

しかし千夏のその一言で、

「えっと、あ、うん。そうですけど……。ええはい、そうです……」

速攻で意気消沈させられてしまっていた。

息が詰まりそうな緊張感をはらんだ会話だった。

……ご、ごくり。

しかし会話の行く末をはらはらと見守る俺をそっちのけで、春香と千夏はやり取りを続けていく。

「ああそうです、千夏でいいですよ。航平も昔からそう呼ぶので」

『昔から』のところに、妙に強いアクセントがあった——気がした。

「だったら相沢さん——千夏もわたしのこと、春香って呼んでくださいね。初めて会った時から、こーへいもそう呼んでくれてるので」

今度は『初めて』に妙に強いアクセントがあった——気がした。

なんだろう、ちょっと胃がキリキリしてきたぞ？

「春香——春の香りだなんて、柔らかくてとてもいじらしい素敵な名前ですよね。これから来る夏のために、せっせと頑張って力をつける準備期間って感じです」

千夏がにっこり笑顔で言った。

えっと、今のは褒めたんだよな？

褒めたんだよな⁉

春の後に夏が来るのは普通だから、別に比喩的なアレでもなんでもないよな⁉

春香は千夏の前座、みたいなニュアンスにとったのは俺の勝手な解釈だよな⁉

「千夏こそ千回もめぐる夏だなんて、すごく優雅で情熱的な名前だよね。ちょっと重すぎるくらい」

そして春香もそれに負けないくらいのいい笑顔で言葉を返した。

褒めてるよね、うん、褒めてる。

これはどっちも褒めてるよ、間違いない！

「うふふふっ」

「えへへへっ」

ふたりが満面の笑みで笑い合った。

だけどそこには、穏やかな空気感といったようなものは全くと言っていいほどに感じられない。

家を出る直前までは普段と変わらない朝だったはずなのに、どうしてこうなった⁉

二人が言葉のジャブをビシバシ入れ合っているんだけど!?

リアルに音が聞こえてきそうなくらいなんだけど!?

「これからよろしくね、春香」

「こちらこそよろしくね、千夏」

もはや固唾《かたず》を呑んで見守るしかできないでいる俺を尻目に、二人は笑顔のままで握手をかわした。

それは俺たち三人の関係性を知らない第三者が見れば、気が合う二人の女子高生と、それを傍らで見守っている男子高校生でしかなかっただろう。

だっていうのに二人の握手によって、戦いの火ぶたが切られたように感じられたのは、果たして俺の気のせいだったのだろうか？

「と、とりあえずさ？　二人の自己紹介も済んだことだし、遅れないように学校に行こうぜ、な？」

俺は内心びくびくとしながら、勇気をもって二人に声をかけた。すると、

「ええ、行きましょう航平」

「いこっ、こーへい♪」

二人は俺の腕を両サイドから抱きしめるように搦めとってくるんだよ。

その行為が、まるで俺が自分のものだとでも言わんばかりのアピールのように感じてしまったのは、これもまた俺の気のせいだったのだろうか？

っていうか、このままサンドイッチ状態で学校に行くの？

さすがにそれはちょっと——じゃなくて、とても大変なことになりそうなんだけど……。

特に千夏はクール美人で、春香いわく入学そうそう告白をいくつも断ってる有名人らしいし。

「あの、さ？　この状態でどこまで行くんだ？　もちろん別に全然その、嫌とかそういうんじゃなくてさ？　ただ純粋に、ちょっと歩きにくくないかなって思ってな？　だからそろそろ放れないかな？」

俺はなんとも言い訳がましく、くっつくのはそろそろやめようと提案する。

だがしかし。

「ほら、千夏。こーへいが放してって言ってるよ？」

言いながら、春香が甘えるようにぎゅっと身体を寄せてきた。

俺の二の腕に春香の柔らかい胸がむぎゅっと押し付けられる。

「春香こそ、まるでオオオナモミみたいですよ？」

それに対して、千夏も負けじと俺にくっついてくる。

「おーおなもみ、って何？」

春香がキョトンとした顔をした。

「いわゆる『くっつき虫』のことですね」

「むむっ！　それなら千夏だって一緒じゃんか。くっつき虫だし」

「それはええもう、私と航平は生まれてからずっと幼馴染ですから、くっつき虫のオナモミでも当然ですよね」

「どんな論理だよ」

めちゃくちゃな論理展開を俺は鼻で笑ったんだけど、

「ぐぬぬぬっ……」

なぜか春香は『悔しい！　やられた！』って顔をしていた。

女の子の気持ちはよくわかんないなぁ。

っていうか！

全然離してくれそうな気配がないんだけど。

「えっと、あの、お二人さーん……？」

「なぁに、こーへいっ♪」

「どうしたの航平」

「……いや、なんでもない」

全ての抵抗を諦めた俺は、春香と千夏をくっつき虫にしたまま登校した。

美少女二人を両手に花とする俺を蔑むような周囲の視線が、とても痛かったです。

ちなみに千夏がこの時、春香をオオオナモミ、自分はオナモミと言った言葉の使い分けが少し気になったので、後でネット調べてみたら。

くっつき虫はくっつき虫でも、オオオナモミは侵略的外来種ワースト１００に指定される厄介者だと書かれていた。

日本に昔からあった本来のオナモミは、オオオナモミの前に完全に駆逐される寸前なんだと。

もしかして、あえて両者を使い分けたのかな？

自分はオナモミで、春香は駆除が必要なオオオナモミだって。

千夏はそれはもう本当に頭がいい。

俺がギリギリで入学した高校に、千夏は学年トップの成績で入学している。

だから言葉を分けて使った以上は、絶対に理由があるはずなんだよな。

怖いね、色々。

うん、深く考えると色々と怖かった。

だからこの件に関しては俺は気付かなかったことにして、今後もあまり深くは考えないようにしよう！

◇

その日のお昼休みのことだった。

「こーへい、今日はお弁当を作ってきたんだー。こーへいの大好物の唐揚げ弁当だよ？　一緒に食べよっ♪」

前の席の春香が、机を逆向きにくっつけながらそう言った。

「ありがとう春香」

と、俺が自然な流れで返事をしかけた時だった。

「航平、お弁当を作ってきたの。一緒に食べよう」

――千夏がドアを開けて六組の教室に入ってきたのは。

「あれって一組の相沢千夏じゃん！」

「うわっ、マジ美人！」

「髪とかサラサラでヤバくない!?」

「ヤバイヤバイ！　芸能人みたい！」

その途端に教室中がざわざわと色めき立った。

「相沢さんって入学して一か月で二ケタ告白されたらしいよ？」

「相沢マジ半端《はんぱ》ないって！」

「でもお弁当を作ってきたって……え？　相沢さんって広瀬の知り合いなの？　っていうか恋人？」

「あれ？　でもそれなら春香ちゃんは？」

「そういや朝、あの三人が腕を組んで仲良く登校してたって話を聞いたぜ？　ウソだと思って笑って流したのに」

「なになに、これってもしかして修羅場？」

「ちょっと待てよ！　なんで広瀬だけこんなにモテるんだよ!?」

「広瀬でいいなら俺にもワンチャン……」

「俺生まれ変わったら絶対に広瀬になるわ」

「俺もなるわ」

「俺も……」

それはもう激しくざわめくクラスメイトたち。

しかしそんなざわめきをものともせずに、堂々と俺の席までやってきた千夏は、学食に向かおうとしていた俺の隣の席の男子ににっこり微笑むと、

「お昼の間だけこの席をお借りしてもいいかしら？」

「ど、どうぞご自由に！　ギリギリまで時間をつぶして予鈴ギリギリまで帰ってきませんので！」

「あら、ありがとう」

その席をいとも簡単に手に入れてしまうと、机ごと俺の席にくっつけて自分の分と俺の分の二つの弁当を広げだした。

そんな千夏に対抗するように、

「あの！　こーへいは今から、わたしの作ったお弁当を食べるんですけど！」

春香が鼻息もあらくズイっと俺の前に弁当箱を差し出す。

「あら、そうなの？　でも航平は私の作ったお弁当を食べたいわよね？」

千夏が同じように俺の前に弁当箱を差し出した。

「全然そんなことないし！　こーへいは大好きな唐揚げ弁当の方が食べたいんだし！　だよね、ねっ？　ねっ!?」

「あら奇遇ね？　私が作ってきたのも唐揚げ弁当なの。だって唐揚げは、小さい頃から航平の大好物だものね。覚えてる？　リトルリーグの試合の後に食べ放題で唐揚げを二十個以上食べたこともあったよね」

「ううっ！　またそうやって幼馴染アピールするし！　ねぇこーへい、どっちを食べるの!?」

「航平、一生懸命作ったお弁当だから食べて欲しいな？」

二人がグワッと迫ってきた。

「いやあの、うん、どっちも食べるよ？　お腹が空いてるし、ちょうど良かったな！　食べないのはもったいないし、どっちも食べれるよ。うん、全然平気。どっちもすっごく食べたいなぁ！」

果たして、俺にそれ以外の答えが許されていただろうか？

もっといい意見があったら、今後の参考にするのでぜひとも教えてくれませんか……。

「ううっ、こーへいのヘタレ」

春香が恨めしそうな顔で言って、

「じゃあさっそく食べましょう」

千夏は澄ました顔でそう言った。

そんなこんなで始まった怒涛の昼休み、俺たちは最初に仲良く揃って「いただきます」をしたんだけど。

「はい、こーへい。あーん♪」

直後に春香が放ったその一言で、既に俺たちに注目が全集中していた教室が一瞬のざわめきの後、静まり返った。

「ちょっと春香……？　ここ学校なんだけどさ……」

クラス中の生徒たちが見ている中で「あーん♪」するのは、さすがにバカップルすぎやしませんかね？

一応まだ付き合ってないんだよな俺たち？

だっていうのに、

「はい、こーへい。あーん♪」

「えっと、あの……」

「はい、こーへい。あーん♪」

春香は笑顔だった。

すごく笑顔だった。

だけどその目は、ひと欠片たりとも笑ってはいなかった。

まるで四年に一度のオリンピックで、金メダルをかけて決勝戦に臨むアスリートのような、決意に満ち満ちた瞳が俺を捉えて離さなかったのだ——！

俺は笑顔の春香から発せられる無言のプレッシャーに気圧《けお》されるように、差し出された唐揚

げをパクリといきかけて――、

「航平、あーん」

タイミングよく横合いから差し出された唐揚げを、パクリと食べてしまった。

「ちょ、ちょっと千夏！　なにしてるし！」

「あら、なにがかしら？」

「なにって、わたしが先にこーへいに『あーん♪』してたんだけど！　今の割り込みだし！」

千夏が横から『あーん』したことに対して、春香が激しく抗議する。

自分が先だったと必死にアピールをする。

「私、なんでも早い者勝ちで決めるって考え方は、良くないと思うんですよね」

「順番は大事だもん！」

「ああでも、早い者勝ちっていうことなら、幼馴染の私はずっと航平のことを知ってる一番の『早い者』ってことになるんでしょうか？　どう思います、春香？」

しかし千夏は倍返し――どころか十倍返しくらいにして、さらりと返してみせた。

「うぅっ！　ううぅっ！　千夏は何かあるとすぐに幼馴染をアピールするんだから！」

「別にアピールなんてしてないわよ？　ただ事実を言っただけだもの」

「むっきー！　だったらわたしなんてこの前、こーへいと一緒に寝たんだもんねー！　こーへいにぎゅってされちゃったんだもんねー！　わたしの方が一番だもんねー！」

「ちょっと春香、極めて誤解を招くような言い方はやめような!?」

激しくヒートアップする二人を一歩引いて見守っていた俺だったけど、さすがにこの爆弾発言をスルーするわけにはいかなかった。

なにせクラスメイトの視線がもはや刺すようだから！

特に男子の視線が、まるで俺を射殺そうとしているから！

どうも春香は、千夏に煽られて完全に我を忘れちゃっているみたいだし。

「誤解じゃないもん！　こーへいのベッドで一緒に寝たもん！　こーへいとベッドで抱き合ったんだもん！　力強く腰をぎゅってされたんだもん！」

その言葉に、静まり返っていた教室が激しくざわめいた。

「俺の春香ちゃんが、ついに大人の階段を……」

「現実ってツラいな。でも春香ちゃんはお前のじゃねぇからな」

「どうやったら俺、広瀬になれんの？」

「藁人形と五寸釘ってどこで買えるのかな？」

「広瀬、お前を殺す……」

男子からは俺を呪う怨嗟の声まで聞こえてきた。

でもほんとにほんと、そういう意味じゃないんだよ！

単に寝ぼけた俺が、春香をベッドに引っ張り込んじゃっただけなんだよ！

いやそれはそれで、若干問題ではあるんだけれども！

「ああ、航平は抱きつき癖がありますからね。航平が寝ているところに上がり込んで、寝ているのをいいことにキスでもしようとして近づいて、ベッドに引き込まれでもしたんでしょう？」

しかし周囲のざわめきやら視線やらをなんら気に留めることもなく、千夏はさらっと真相を告げた。

「ええっ!?　こーへい、あのこと話したの!?　ひどい！　二人だけの秘密だって言ったじゃん！」

春香が裏切り者とでも言いたげな顔で、驚いたように俺を見た。

だけどそうじゃないんだよなぁ。

「誰にも話してないよ。今のは千夏がかまをかけたんだ。つまりただのハッタリだ」

「ぅええっ!?　ってことはわたしが自分で秘密をばらしちゃったってこと？」

「ふふっ、春香のそういう正直なところはとても美徳だと思いますよ。これからも素直な可愛い子でいてくださいね」

「ううっ！　引っ掛けなんてずるいし！」

騙されたとわかった春香が、座ったままでドシドシと地団駄を踏む。

さすが春香、怒った姿も可愛いぞ。

「まぁまぁ落ち着いてくださいな。それに一緒に寝たというのでしたら、私もよく航平とは一緒に寝たことがありますし」

「ふふん、そんなこと言ってどうせ子供の頃の話でしょ？」

春香が今度は勝ち誇ったように言った。

今日の春香はいつにも増して、クルクルとよく表情が変わるな。

千夏にいいように遊ばれてるとも言えるけど。

「そうですね、中学二年の終わりくらいまででしょうか？　よく土日に二人で、お互いの家でお泊まり会とかしていたんですよ」

「おゔぇぇっ!?」

驚きのあまり、春香が女の子がちょっと出してはいけない感じの奇声をあげた。

「お、おい千夏。その話は今はいいだろ」

そして俺はというと、春香の驚きなんて目じゃないほどに激しく焦っていた。

というのも、

「もちろんお互いのベッドで一緒に寝ましたし、一緒にお風呂入ったりとかも普通でしたからね。なんといっても、航平とはもうずっと家族ぐるみの付き合いですから」

ぎぃやぁぁぁぁ!?

言いやがった！

千夏のやつ、教室でとんでもないことを言いやがったぞ！

ちょっとやましい気持ちがなくもなかった俺たちの秘密の隠しごとを、みんながいる前で言いふらしやがった！

「ちゅ、ちゅ、中二まで!?　い、い、一緒に入ってた!?」

「ええ、まぁ」

「だって中二ってことは、今から二年前ってことでしょ!?　ついこないだじゃん!?」

あまりに衝撃だったからだろう、千夏の爆弾発言を聞いた春香の声は震えていた。

「いえ、中学二年の終わりくらいまでだったので、正確には一年ちょっと前くらいでしょうか？」

「一年!?　こ、こここ、こーへいっ!?」

春香がついに泣きそうな顔で俺を見た。

「いやあの、な？　千夏とはそれこそ生まれた時から、家族ぐるみの付き合いがあってだな？」

「う、うん」

「だから一緒にご飯を食べたり、お風呂に入ったり、一緒に寝たりとかは、小さい頃からの延長でごくごく自然にしていたというか」

「ううっ、ほんとだったし。中二まで一緒にお風呂に入ってたし、こーへいのばかぁ……」

正直に答えた俺を、春香が涙目で見つめてくる。

「ぐっ、そんな目で見ないでくれ。ほんとにほんと、子供の頃の延長だったんだよ」

「ううぅ……」

しょぼくれる春香になんと声をかければいいものかと悩んでいると、

「ほら二人とも。そんな昔話より今はお弁当を食べませんか？　お昼休みが終わっちゃいますよ？　はい、航平。あーん」

千夏が笑顔で唐揚げを差し出してきて、俺は再び反射的に千夏の唐揚げをパクっと咥えてしまった。

こ、これは――！

マックで春香に教えてもらった『横から差し出されると人間はつい反応してしまう』っていうあれだ！

だからこれは人間の自然な反応であって、別に春香より千夏を優先したとか、そういうアレではないんだよ。

しかし一連のやり取りを見た春香は涙目から一転、キッと強い目つきになると、

「うーっ！　ううう一っ！　あーん！　あーん！　わたしもあーんする！」

唐揚げをお箸で掴んで、ズイっと俺の口の前へと差し出した。

「わかった、わかったからちょっと落ち着け春香――」

「あーん！　あーん！　あーん！」

「わかった、わかったから。な？」

千夏にいいように弄ばれて興奮する春香を必死になだめすかす。

結局、俺は二人分の唐揚げ弁当を食べることになった――より正確に言うと、食べさせてもらうことになった
「はい、航平。あーん」

「あーん」

「どう、美味しい？」

「う、うん」

千夏の差し出した唐揚げを食べながら、俺は肯定を示すように首を縦に振った。

「こーへい、こーへい、わたしのもあーん！」

すると春香が競うように、唐揚げを差し出してくる。

「わかってるからちょっと待って。まだ完全に飲みこんでないから――むぐっ」

ぎゅっ、ぎゅっ。

まだ唐揚げが入っている口の中に、無理やり追加で唐揚げを丸々一つねじ込まれたんだが
……。

「ねぇねぇこーへい、美味しい？　美味しいよね？」

「もご、もぐ、もご……ごくん。もちろん、春香の唐揚げもすごく美味しかったよ。でも口の中が空っぽになってから、次のが食べたいかな……」

唐揚げを口の中にいっぱいに詰めて、ハムスターみたいにほっぺを膨らませて食べるのは地味にしんどいから。

「良かったぁ。そんなに気に入ってくれたんなら、わたしの分の唐揚げもこーへいにあげるね♪　どうぞ♪」

「えっと、さすがにそれは、ちょっと量が多いんじゃないかな、と……」

俺には既に、春香と千夏が用意してくれた二人分の唐揚げ弁当がある。

二人分である。

これ以上プラスアルファすると、胃袋が限界突破してしまいそうだ。

万が一にでも教室でリバースでもしたら、俺は広瀬くんからゲロ瀬くんになってしまい、俺の高校生活は今度こそ終わってしまう。

「どうぞ♪」

「ええっと……」

しかし春香は引く気はゼロだった。

もはや俺に唐揚げをどれだけ食べさせるかが目的となっている感すらある。

春香の圧力に抗しきれず、俺が首を縦に振ろうとした時だった、

「あら、食べないのでしたら、春香のお弁当は私が食べてあげますよ」

千夏がさらりと言って、春香のお弁当箱から小さめの唐揚げを一つ摘まみ上げると、そのまま自分の口に入れた。

「ちょ、ちょっと千夏、なに勝手に食べてるし！」

「すごく美味しいです。春香は料理が得意なんですね。羨ましいです」

「それならこっちだって！」

春香がお返しとばかりに、千夏のお弁当から唐揚げを一つ摘まみ上げて口に入れた。

「春香、人のお弁当を勝手に食べるなんて、お行儀が悪いんじゃないですか？」

「千夏のほうが先に食べたんだし！」

「だって春香の分は航平にあげたんでしょう？　でも航平はお腹がいっぱいだって言うから、だからわたしが代わりに食べてあげたんですよ？」

「ううっ！　ああ言えばこう言うし！　ムキーっ!?」

「落ち着け春香。千夏は昔から口が達者なんだよ。言い合いじゃまず勝てないから変に対抗しない方がいいと思うぞ？」

俺は春香に、千夏の幼馴染として散々言いくるめられてきた過去の経験からアドバイスをしたんだけど。

「今、千夏と話してるところだから、こーへいはちょっと黙ってて！」「ごめんね航平。でも春香と話してるから、少し黙っててもらえるかな？」

「あ、はい。すみませんでした」

お、怒られてしまったぞ？

なぜ……??


その後、二人が仲良く（？）会話を弾ませている隣で、俺は黙々モグモグと2人分の唐揚げ弁当を完食することに勤しんだ。

なぜ黙々かというと、春香と千夏から交互にひたすら「あーん」され続けていたからだ。

飲み込んだ瞬間に次の唐揚げが差し出されるので、俺には喋っている暇なんてありはしなかった。

「ごちそうさまでした。どっちのお弁当もすごく美味しかったよ。ありがとな、二人とも……げふっ」

口を開いた途端に、胃の中から唐揚げが逆流しそうになって思わず口を押さえる。

俺は慌てて水筒を開けると、出てきつつあった唐揚げをお茶で胃の中に流し戻した。

二人分の唐揚げ弁当と、おまけで二人のお弁当から追加でプレゼントされた唐揚げを完食した俺のお腹は、もはや立錐の余地もないほどにパンパンだった。

この量をよく食べきったと思う。

自分で自分を褒めてあげたい。

「こーへい、明日も唐揚げ弁当を用意するね！」「航平、明日も唐揚げ弁当を作ってくるわね」

「唐揚げは、しばらくいいかな……。今日で一生分ってくらいに食べたから。あと、せめて一日ずつ日をずらして作ってきてくれると、俺としてはすごく嬉しいかな……」

俺は力なくつぶやくと、ついに力尽きて机につっぷしたのだった。

◇

「やっと終わった……うんっ――っ」

六時間目の最後の授業を終えると、俺は両手を上に上げて大きく伸びをした。

入学から一か月。

だいぶ慣れてきたとはいえ、中学の頃と比べて格段に難しくなった高校の授業をみっちり6時間こなすと、心身ともにへとへとになる。

手抜きはできない。

一応大学への進学を考えているし、成績不振でスマホを取り上げられないためにも、入学そうそう赤点とるわけにはいかないんだよな。

六時間目の授業後の、実質ないに等しい帰りのショートホームルームを軽く聞き流して終えると、

「こーへい、一緒にかーえろ♪」

通学カバンを持った春香がいつものように、だけどどこかいつもよりも甘えたような猫なで声で言ってきた。

上目づかいがすごく可愛い。

でもなんとなく、媚《こび》を売っているような気がしなくもなかった。

朝の登校に、お昼休みのお弁当と、千夏がらしくない妙なちょっかいをかけてきたから、春香も負けじとアピールしてきているんだろうか――などと少しだけ思ったりもする。

特にお昼休みの春香は、千夏に煽られてかなりヒートアップしていたからな。

もちろん春香とはいつも一緒に帰ってるので、一緒に帰ることに異存はない。

俺が二つ返事でオッケーしようとした時だった、

「航平、今日は一緒に帰ろうよ」

千夏が当たり前のように教室に入ってきて、満面の笑みでそう言ったのは。

「「……」」

俺を間にして、向かい合った春香と千夏が無言でお互いを見つめ合った。

どちらもニコニコしているんだけど、なんていうかこう、見えないプレッシャーをバシバシとぶつけ合っている気がした。

「ざーんねん！　こーへいは、わたしと帰るんだよねー。いつもそうだもんねー。ねっ、こーへい？」

「えーっと……」

俺は春香の問いかけに答えを濁しつつ、

「三人とも家が近所なんだから、どちらか片方なんてことは言わずに、三人仲良く一緒に帰ればいいんじゃないかしら？　ねぇ航平？」

「それはありかも……だよな？」

千夏の言葉をあいまいに肯定した。

だってほら、千夏が言うように三人とも近所なんだし、一緒に帰らない理由はないだろ？

みんなで仲良く平和なのが一番だよな？

「こーへいが裏切ったし……」

千夏の意見を聞き入れた俺に対する、春香の恨めしそうな視線がかなり心苦しかったけれど、ここでどちらかを選べなどというのは到底無理な話だったので、背に腹は代えられない。

あと、これは千夏の作戦勝ちだったと思う。

千夏は『春香か千夏かどちらか選べ』じゃなくて『三人で一緒に』と提案してきたからだ。

どっちか片方だと俺が選べないだろうと、千夏は俺の性格を読み切っていたのだ。

だからどちらか片方を選んでと言った春香よりも、三人一緒っていう採用されやすい意見を提示することで、結果的に春香よりも自分の意見を選ばせたのだ。

俺の答えを聞いた春香は、俺が千夏の肩を持ったと感じたことだろう。

頭のいい千夏らしい、実に巧妙な作戦だった。

いやいや、こういう邪推は良くないよな。

俺の考えすぎという可能性もある。

ただただ家が近所だから、三人で帰ろうと千夏は素直に提案しただけかもしれない。

うん、そっちの方が精神衛生的によろしいよな。

「じゃあ話もまとまったことだし、三人で帰りましょうか」

ニッコリ笑顔で千夏がそう言って、

「お、おう」

「ううっ……！　ううっ……！」

俺は少しホッとしながら、春香はやや不満そうにそれに従う。

とまぁこういう経緯で、俺と春香と千夏は三人で下校をしたんだけど。

三人の関係というか距離感は、登校時とまったく同じ状況だった。

春香と千夏は、俺の腕をぎゅっと抱きかかえながら、左右から俺をサンドイッチして挟んでくる。

いや、登校時よりもさらに密着度合が高くなっているような気がするぞ？

かなり歩きにくいんだけど、そんなことを言える空気では全くなかった。

春香と千夏が相変わらず激しく張り合っているからだ。

しかし春香がライバル心を剥き出しにするのはわかるんだけど、どうして千夏が張り合おうとするんだろうか？

それに関しては大いに謎だったものの、今はあれこれ考えても仕方がないし、聞けるような雰囲気でもない。

今の俺がなすべきことは、率先して二人の間に立って、三人が楽しく話せるような話題を提供して楽しい下校時間を演出することなのだから。

微妙な関係性の俺たち三人が話す内容は、しかし取り留めもないことばかりだった。

授業が難しいとか、宿題が多いとか、学生らしい普通の話をする。

「こーへいってば、遠投が凄いんだよ？　体育のハンドボール投げで、ぶっちぎりの学年1位だったんだから。わたしなんて目の前で見て、超びっくりしたもん。あーあ、千夏にも見せてあげたかったなぁ。千夏に見せてあげられなくて残念だなぁ」

しかし事あるごとに、春香があからさまに勝ち誇ったように言う。

「さすが航平ね。航平は昔からボールを投げるのが得意だったものね」

「まぁな」

「ほら、覚えてる？　六年生の時、リトルリーグの試合で9回裏2アウト満塁、一打逆転の場面で、三遊間の深いところでボールを取って、矢のような送球をしてチームを救ったことがあったよね」

「もちろん覚えてるよ。抜けたら逆転サヨナラ負け、内野安打でも同点にされる場面だったからな。俺的に一生記憶に残るレベルの、痺れる瞬間だったし」

「ふふっ、懐かしいね」

「懐かしいな」

「春香に見せてあげられなくて残念だわ」

「だから千夏もイチイチそういう一言は言わないでおこうな！」

「むっきー！　またそうやって二人しか知らない話をするし！」

「春香も少し落ち着こう」

そしてそのたびに春香は、俺との関係性がいかに進んでるかをアピールしては、幼馴染として培ってきた過去の関係を持ち出されて千夏にやり込められる――というのを繰り返していた。

千夏に散々してやられながら、しかし春香は決してめげなかった。

「じゃ、じゃあ――！」

意地でも勝つのだという強い意志のもと、果敢にも千夏に挑み続けたのだ（そして敗北し続けた）。

俺は何気ない会話の裏でビシバシとやり合う二人に挟まれながら、時にヒートアップする春香をなだめすかしつつ、何事もないままどうにかこうにか家に帰りついたのだった。

「つ、疲れた……はぁ……」

俺は自分の部屋に入った途端に気が抜けて、深いため息とともにベッドに身体を放り投げた。

千夏が絡んできたせいで気を休める暇がなかった長い長い一日が、やっと終わる——そう思ってた時期が俺にもありました。

◇

「あー、熱いお湯が気持ちいい、身体の芯から癒される……今日はマジで疲れたからなぁ、はぁ……」

俺は今日という怒涛の一日の疲れを、お風呂に肩までつかってじっくりと癒していた。

疲れた原因はもちろん千夏だ。

「今日の朝から急に千夏がぐいぐい来だして、春香と事あるごとに張り合うんだもんな。っていうか千夏は何が目的だったんだ？」

俺のことなんて異性としては興味ないはずじゃなかったのか？

だっていうのに、登下校では抱きしめるように腕を絡めてくるし、お昼は手作りのお弁当を作ってくるし、しかもあーんまでしてくるなんて。

「あれじゃまるで俺のことが好き――みたいな態度だったじゃないか」

っていうか好意だったよな、どう見ても。

千夏は好きでもない男に抱きついたりするような、そんな軽い女の子じゃあないから。

「でも今さら何なんだよ、意味がわかんねーよ。俺の告白を断ったくせにさ」

とかなんとか言いつつも、実のところ千夏に好意を向けられて満更でもない自分がいること
を、俺は否定できなかった。

だってついこの間まで、俺は千夏のことが好きだったんだから。

振られたのもほんの一か月半前くらいのことで、積年の想いと決別するには一か月半という
時間はあまりにも短すぎる。

千夏への未練は俺の中に間違いなく残っていた。

「でも、ほんと今さらなんだよな」

もしこれが入学したての頃だったのなら、俺は悩むことはなかっただろう。

千夏が俺のことを好きになってくれたのなら、俺たちは晴れて両思いだ。

だから悩む余地なんて、猫の額ほどもありはしない。

「だけど今の俺には春香がいるんだ」

千夏に振られて完全にやさぐれていた俺を、持ち前の明るさと積極性で立ち直らせてくれた、
可愛くて素敵な女の子。

仲良くなっていくうちに、どんどんと春香の魅力に引きこまれていく自分がいた。

春香とはまだ付き合っているわけじゃないけれど、友達以上の好意を感じているのはもう間違いなかった。

ただそれでも、付き合ってはいないんだ。

もっと時間をかけて、ちゃんと自分の心に向き合ってから。

向けられた好意に甘んじた、受け身で曖昧な気持ちじゃなくて、春香のことを本気で好きなのだと胸を張って言えるようになってから。

千夏への未練をちゃんと断ち切ってから。

俺は春香との関係に、結論を出そうと思っていたんだ。

俺にはまだまだその猶予があると思っていたんだ。

だから決して俺の中で千夏への未練が、春香への好意に勝っているわけじゃない。

少なくとも今の俺は、蓮池春香という女の子にずっと好きだった幼馴染に負けないくらいの好意を、抱くようになっていたから。

ずっと好きだったけど、でも振られてしまった幼馴染の千夏と。

知り合ったばかりだけど、どんどん好意を感じていった春香。

どちらの女の子が好きかと問われた時に、俺はもう即答できないくらいに春香のことを好きになってしまっていたんだ。

「だから今さら急に千夏に好意を向けられても困るっていうか、困惑するしかないんだよな」

そもそもなんで千夏は、急に俺に好意を向け始めたんだ？

千夏の気持ちが変わった理由を知りたかった。

「生まれた時からずっと一緒の幼馴染だったのに、人の気持ちって思っていた以上にわからないもんなんだな……」

そして昔の俺は、そんな当たり前のことすらわかっていなかったのだ。

幼馴染だからお互い同じ気持ちだろうなんて、今思えば完全にガキの思い上がりだった。

「ま、これぱっかりは本人に聞くしかないか。考えてもしょうがない」

俺はこの件についてはいったん考えるのを止めることにした。

他人の気持ちをあれこれ推測しても、絶対に答えは出ないから。

そう思って別のことを考えようとすると、すぐに今度はお昼ごはんのダブル唐揚げ弁当のことが浮かんできた。

「二人がお弁当を作ってきてくれて、中身まで被っていた時はほんとどうしようかと思ったな」

お昼に二人前をガッツリ食べたせいで、晩ご飯はほとんど食べられなかった。

「育ち盛りの高校生とはいえ、あの量をよく食べられたもんだよ」

よくやったぞ、俺。

「それでも二人とも料理上手だったから、美味しく食べられたのは良かったかな」

さすがに最後の方は苦しかったけど。

食べ終わった後に、現世に戻ってこようとする唐揚げをお茶で胃の中に押し込むのが大変だった。

その時のことを思い出して、思わず苦笑する。

「それにしても、お風呂は一番無防備にいられる場所だよなぁ。だから難しいことは考えないに限る。いやほんと、お風呂大好き民族の日本人に生まれて良かった」

なんてことを俺がぼーっとつぶやいた時だった、

「航平、入るね」

お風呂場のドアのすぐ外からそんな声が聞こえてきて、直後に浴室のドアがガラッと音を立てて開いたのは。

「……は？」

突然の事態を前に、間抜けな声を上げて固まる俺を気にするでもなく、

「ん〜、あったかい」

千夏がお風呂場にスタスタと入ってきた。

「ちょっ、おい千夏!?　なにしてんだよ!?」

俺は慌てて千夏から視線をそらした。

千夏の姿を視界に入れないように、首をひねって千夏と１８０度反対のお風呂場の壁をじっと見つめる。

というのもだ。

千夏の姿が、一糸《いっし》まとわぬ全裸だったからなんだよ！

「そんなに慌ててどうしたの？」

「どうしたの、じゃないだろ！　今は俺が入ってるんだぞ。なに勝手に入ってきてるんだよ」

「そんなの見ればわかるわよ」

「わかってるなら、なんで千夏が入ってくるんだよ!?　しかも裸で！」

徹頭徹尾、何から何までおかしいだろ、常識的に考えて！

だっていうのに――、

「もちろん航平と一緒にお風呂に入るためだけど？」

それがなにか、って感じで平然とした様子で千夏は答える。

「いやいや、なに言ってんだよ？　俺たちもう高校生だろ」

「でも私たちは今もずっと幼馴染のお隣さんでしょ？」

「幼馴染でも、高校生の男女が一緒に風呂は入らないだろ。ほら、いろいろと目のやり場に困るしさ」

もう一度言おう、千夏は全裸だった。

念のために説明しておくと、全裸っていうのは『完全に裸』っていう意味だ。

俺は最初に見てしまった千夏のシミ一つない真っ白な裸体を、もうこれ以上は目に入れてしまわないように、理性を総動員してお風呂場の壁を凝視し続ける。

「ふふっ、それこそ今さらでしょ？」

「今さらって何がだよ？」

「だって昔、一緒にお風呂に入っていた時だって、航平がよく私の胸とかお尻を見ていたこと、気付いてたよ？」

「ぶふぅ——っ!?　けほっ、こほっ、えほっ——」

ちょ、ちょっとぉ!?

なに言ってくれちゃってんの!?

思わずむせちゃっただろ!?

「航平、大丈夫？」

千夏の心配そうな声が聞こえてくる。

いやでも、そんなに言うほどいつもマジマジ千夏の身体を見ていた、なんてことはなかったんだぞ？

そりゃね？

俺も男の子だから、つい見入っちゃったことが一度もなかったとは言わないけどさ？

そもそも俺はずっと千夏のことが好きだったわけだし。

好きな女の子と一緒にお風呂に入って、見るなっていうのは無理な話だろ？

でも、そんなあれやこれやが、実は千夏にばっちり全部もろバレで。

しかもそれを今さらになって本人の口から知らされてしまって、俺は恥ずかしさと申し訳なさと、いたたまれない気持ちで胸がいっぱいだった。

「ごめんな、つい出来心だったんだ」

もはや言い訳は不能、俺は素直に謝ることにした。

「ううん、それはいいの。だって私たちは幼馴染だしね。一緒にいればそういうこともあるよ」

「そ、そうか？」

そんな一言で軽く済まされてしまうなんて、幼馴染すごいな！

千夏と幼馴染で良かった！

「それでね。今日いろいろと話して懐かしい話題が出たでしょ？　だから懐かしついでに、久しぶりに航平の背中でも流してあげようかなって思ったんだ」

「思うのはいいけど、実行するのはさすがにまずいだろ――って、はぁっ!?」

俺は思わず大きな声を上げげた。

というのもだ。

千夏は俺の言葉を軽くスルーすると、軽くかけ湯をして湯船に入ってきたからだ――！

チャプン、と水面が小さな音を立てたのが、やけに大きく耳に響いた。

バスタブに入ってきた千夏は、そのまま俺の脚の間に座る。

これは俺と千夏が一緒にお風呂に入る時の昔からのポジションだ。

俺はさりげなく両手で股間を隠した。

「ほんと久しぶりだよね。懐かしいな。昔はいつもこうやって、航平と一緒にお風呂に入っていたよね」

「ああ、うん。そうなんだけどな？」

「でもちょっと狭いかも？」

「そりゃあ、お互い成長したからな」

高校生が二人で一緒に入るには、一般家庭の平均と思われるうちのバスタブはかなり手狭だ。

なので俺の脚は千夏の身体と、素肌と素肌で完全に密着していた。

千夏の柔らかくてさらさらの肌が、俺の内股とかふくらはぎにしっかりと触れてしまっている。

この一年で俺は十センチ近く身長が伸びたし、千夏も女の子らしくいろいろと成長した。

具体的にどことは言わなくていいだろ？

いろいろはいろいろだよ。

そして俺たちが大きくなったことで、相対的にバスタブは小さくなってしまい、必然的に俺と千夏はバスタブの中で密着してしまったというわけだ。

「ねぇ航平。さっきからなんでずっと横を向いて壁を見てるの？　その体勢、しんどいでしょ？」

「いやまぁ、その、な」

「もしかして照れてるの？　お風呂なんて数えきれないほど二人で入ったじゃない。照れるなんて今さらじゃない？」

千夏が俺のほっぺを指でつんつんとつついてくる。

「そりゃ照れもするだろ？　何度も言うけど俺たちもう高校生なんだからさ」

言いながらも、俺は壁とお見合いをするのをやめて、千夏の方へと向きなおった。

ずっと横を向いてたせいで首が少し痛かったから。

せっかくお風呂に入って心身ともに気持ちよく弛緩していたのに、横を向き続けたせいで首痛にでもなったら馬鹿らしいからな。

そうして改めて俺の脚の間にちょこんと座った千夏を見ると、腕を組むようにして胸を手で隠していた。

まぁ当たり前だよな、うん。

俺たちもう高校生だもんな。

少しだけ残念だった、少しだけな。

俺も思春期の男の子だから、ちょっとは期待をしちゃうのだ。

「ま、そういう私も照れてるんだけどね」

「だよな。千夏の顔、すごく赤いぞ」

千夏の透きとおるような白い肌は、照れと恥じらいからだろう、すっかり真っ赤に染まっていた。

お湯につかって血行が良くなったから――ってだけじゃないのは明らかだ。

でも良かった、千夏がちゃんと恥じらいの心を持った初心《うぶ》な乙女で。

女の子は恥じらいを忘れた瞬間におばさんになるって、なにかのドラマで言っていたから。

「でも航平ほどじゃないと思うよ？　私が1だとしたら、航平の顔は10くらい赤いから」

「へいへい、どうせ俺はヘタレの恥ずかしがり屋ですよ」

「拗ねない拗ねない。航平がチャラチャラしてたら、むしろ心配になっちゃうよ」

千夏が楽しそうに笑う。

それは昔となにも変わらない、毎日のように見続けてきた幼馴染の笑顔だった。

こんな風に千夏と普通に話をするのは、本当に久しぶりだ。

振られてからは話すどころか、千夏と会うこと自体を極限まで避けていたし。

仕方なく顔を合わせても、どうしても俺の方がギクシャクしてしまっていたから。

そんな風になんとなく疎遠になりつつあった幼馴染の千夏だったんだけど、高校生にもなって一緒にお風呂に入るというびっくり仰天なシチュエーションもあって、これまでの微妙な空気が一気に吹っ飛んだ気がした。

わかり合うには『裸の付き合い』をすればいいって昔の人が言うだけのことはあるな、なんてことをちょっとだけ思ってしまった。

「やっぱり、こうしている方が楽しいね」

俺の顔を見ながら、千夏が嬉しそうに笑う。

「俺は楽しさよりも、恥ずかしさの方がはるかに大きいけどな」

「そういう意味じゃなくて」

「じゃあどういう意味だ？」

『こうしている』ってのは『一緒にお風呂に入っている』って意味じゃないのか？

「ほら、ここずっと航平は、私の目を見て話してくれなかったでしょ？　やっと目を見て話してくれたなって思って」

なるほど、そういう意味だったか。

たしかに今の俺は久しぶりに千夏と真正面から向き合って、目と目を合わせて会話をしていた。

「それは……言わなくてもわかるだろ？」

そりゃ、そうもなるだろ？

ずっと好きだった相手に振られて、前と変わらず平然と話せるような強靭な鋼メンタルなんて、俺にあるわけがないじゃないか。

だけどいざこうやって逃れられない状況で、面と向かって見つめ合いながら裸と裸で話してみると、告白する前までと同じように自然と話せてしまう俺がいて。

やっぱり俺と千夏はずっと一緒に育ってきた幼馴染なんだなってことを、俺はしみじみと実感していた。

だけどそんな昔ながらの千夏との関係も、今はもう、前までとはほんの少し違っている気がするんだ。

それはきっと、今の俺には春香がいるから。

何も考えずにただ千夏だけを見ていた時とは、俺の心のあり方が違っているから。

「ふふっ……」

そんなことを考えていると、俺の顔をじっと見ていた千夏が小さな笑い声をあげた。

「なんで俺の顔を見て笑うんだよ。泣くぞ？」

「ごめんごめん。馬鹿にしたわけじゃなくて、最近の航平は変わったなって思ってね」

「そんなに変わったか？」

なんとなく自分のあごや頬を撫でてみたものの、もちろんそんなことで変わったかどうかなんてわかりはしない。

「見た目じゃなくて雰囲気がね」

「俺としては雰囲気もそんなパッとわかるほどに変わったとは、思えないんだけどな」

あの夜、自分の気持ちに向き合うって春香と約束して。

それ以来、漫然と受け身で流されるんじゃなくて、春香のことをしっかり見て、自分の気持ちがどこを向いているのかをはっきりと理解した上で、自分で考えて春香の想いに答えを出す。

そんな風に思ってはいるものの、それで劇的に俺自身が変わったかと問われたら、正直自信はなかった。

だけど千夏は断言した。

「航平は変わったよ。ちゃんといろんなことを考えるようになった。すごく大人になった。会うたびにビックリさせられる」

「お、おう。サンキューな」

幼馴染としてずっと俺を見てくれていた千夏にそうまで言われると、なんとも照れくさいな。変わろうと、変わりたいと思っている。

だけど他人がパッと見てわかるくらいに変わったとは、俺的には思ってはいなかった。

だから千夏から『変わった』と言われたのは正直なところ意外だったし、それがとても嬉しかったのだ。

「そういうのって、自分ではわからないもんなんだよ、きっと」

「かもな」

そこでプツリと会話が途切れ、俺と千夏はお風呂につかりながら静かに見つめ合った。

しばらくしてから千夏が言った。

「私ね、最近ちょっと変なの」

「え？」

見た目には特に変なところはない。

まさか身体のどこかに重大な病でも見つかりでもしたんだろうか？

「最近の私は、航平のことを考えると胸がキュンってなるの。最近の航平はさ、けっこう素敵だよ？」

「なんだよ、びっくりさせるなよな。なにか重い病気でも見つかったのかって心配しただろ
――って、え？　いや、えっ？」

な、なんだよ今のセリフ。

俺が素敵だって、千夏がそう言ったのか？

それってつまり――、

「今の航平となら、付き合いたいなって思う」

「はい？　付き合いたいなって――、えっ、ええっ？　えええええええっっ!?」

千夏が、俺と付き合いたい、だって!?

そう言ったのか!?

ま、ままま、まさかだよなぁ!?

「ねぇ。航平はまだ誰とも付き合ってないんだよね？」

「それはそうだけど。そうなんだけど、でも俺は――」

春香のことがなんとなく好きかもしれなくて――そう言いかけた俺の言葉に被せるように、

「春香とはまだ付き合ってないんだよね？」

千夏がはっきりと確認するように言った。

「まぁ、そうだよ。友達以上だけど、恋人未満だと思う……かな」

それに対する俺の答えはどうにも曖昧だ。

だって俺はまだ、自分の気持ちに結論なんて出してはいなかったんだから。

「じゃあ私と航平が付き合っても、なんの問題もないってことだよね？　春香とは恋人じゃないんだから」

「そうなるけど。いや、でも……」

「航平が言いたいことは、なんとなくわかるよ。だってあの夜、航平が自分で言ってたもんね」

「あの夜って、どの夜のことだ？」

急に出てきた『あの夜』の意味するところがわからなかった俺は、自然な流れで聞き返した。

「航平が深夜にこっそりと家を抜け出して、春香に会いに行った夜のことだよ」

すると千夏はさも当然って顔をして、そんなことを言ってきたのだ！

「んあっ!?」

思わず変な声が出てしまったぞ!?

「春香に告白されて、最後にキスしてたよね。でも航平は、私以外の誰かを好きになるって気持ちが、まだよくわかってないんだよね？」

「な、なななな、なんで千夏がそれを知っているんだ!?」

俺はたまらず叫んでしまった。

「航平、叫んだら近所迷惑だよ？　お風呂で叫ぶと響いて、外まですごく聞こえちゃうんだから」

「悪い。ちょっと、いやかなり動揺してしまった。すー、はー……」

俺は深呼吸をして気持ちを落ち着けた。

「落ち着いた？」

「ああ、ちょっとは……っていうか！　『あの夜』って、まさかあの夜のことかよ？」

春香の何気ない一言にカッとなった俺が、春香に一方的にキレてしまい、ラインでのごめんなさいもガンスルーしちゃって、でも最後に俺から謝りに行ったら春香に告白されてキスしちゃった『あの夜』のことか!?

なんで千夏がそのことを——って、あっ！

俺はそこでハッと春香の言葉を思いだした。

『えっと、誰か向こうにいたような気がしたんだけど——』

たしか、別れ際に春香はそんなセリフを言っていた。

その時は見間違いかな、みたいな結論になったんだけど、まさかあの時あの場所に千夏がいたのか!?

「あの時期くらいからだよね、航平が変わったのって。急に大人びてきたからビックリした」

「見ていたんなら、そう言ってくれよな」

「え、言って良かったの？　私なりに気を遣って黙ってたんだけど。なら今度からはそうするね」

「いいや、黙っていてくれた千夏の優しさに、俺は心から感謝している。ありがとう」

もし晩ご飯ができたと呼びに来てくれた時とかに、ついでで話題にでも出されたりしたら、

俺は恥ずかしさのあまり晩ご飯を食べずに部屋にひきこもってしまったことだろう。

そういう意味では、お風呂に一緒に入っている今の逃げ場のないシチュエーションには感謝

しかない。

「最近の航平は悪くないよ。ううん、むしろすごく素敵」

千夏がまた俺を素敵だと言った。

「そ、そうか？」

だけど俺はそれに曖昧な言葉しか返せないでいた。

千夏の言葉に嬉しさを感じながらも、同時に俺の脳裏には春香の笑顔が浮かんでいたからだ。

春休みの告白失敗で、千夏への恋心は終わってしまったはずだった。

あの深夜の告白があった日からは、春香のことが好きなのかどうか、それだけを考えてきた。

そして春香のことを真剣に考えれば考えるほど、春香に好意を抱いている自分に俺は気が付き始めていた。

だけど。

そもそもの前提となる『終わったと思っていた千夏への恋』が、実は終わっていなかったとしたら——？

千夏と春香。

俺は今、究極の選択を迫られているんじゃないのか？

「急に言われても、航平もすぐには答えは出せないよね。とりあえず私の気持ちは伝えたから」

「千夏の気持ち……」

「うん」

俺のことが素敵で、付き合いたいと千夏は言った。

「それってつまり――」

「航平のことが好きってこと」

千夏が、俺を好き？

「でも俺のことは、異性じゃなくて家族としてしか見れないって。そう言ったのは千夏じゃないか」

「前まではそうだったの。でももう今の航平は、家族として見れないくらいに、魅力的な一人の男の子になっちゃった。だから前言は撤回する」

千夏は笑顔が半分、真顔がもう半分って表情で、俺への好意をストレートに伝えてくる。

「……っ」

まったく想定外の展開を前に完全に言葉に窮してしまった俺を見て、だけど千夏はどこまでも優しかった。

「そういうことだから、後は航平の方で考えておいてよ。じゃ、身体も温もってきたし、そろそろ背中を洗ってあげるね」

選択肢を俺に預けて先延ばしにしてくれる。

しかもその口調は、真面目な話はもう終わったとばかりにすっかり軽いものになっていた。

「いいよ。もう身体は洗ったから」

「せっかく一緒に入ったんだから洗ってあげるってば。ほら上がって上がって」

「いや、その、な？」

「どうしたの？」

事ここに至って、俺にはどうしても立ちあがれない大きな事情があった。

全裸の千夏と一緒にお風呂に入りながら、しかも告白までされてしまった俺は、それはもういろんなことをアレやコレやと考えてしまい。

そしてその中にはエロい想像なんかもあったりしちゃったのだ。

つまり下半身がですね、パオーンしちゃっているんです。

「ああ、そういうこと？　別に航平がおちんちんを大きくしちゃってても、私は気にしないよ？　むしろ私に興奮してくれてるってことだし」

千夏が俺の下腹部に視線を向けた。

もちろん、ちゃんと両手で隠しているから見られたりはしない。

「当たり前のように気付かれていたのか……」

「そんなに驚かなくても、航平がえっちなのは昔からでしょ？」

「しかも昔から気付かれていたっぽいし！」

「そりゃあ、一緒にお風呂に入ったら嫌でも気付いちゃうよ。年頃の男子だなぁってずっと思ってたから」

「……」

昔の俺は本当に相手の気持ちを深く考えずに、自分勝手に生きていたんだなと改めて実感した俺だった。

「だから全然気にしないでいいの。ね？　だから久しぶりに洗いっこしようよ？」

「ちょっと待て、その言い方だと俺も千夏の背中を洗うのか？」

「私たち、ずっとそうしてきたでしょ？　幼馴染なんだし」

千夏が、なに当たり前のことを聞いてくるのって顔を向けてくる。

たしかに、俺たちはずっとそうしてきた。

「でももう、昔のままではいられないだろ」

俺たちの関係は変わってしまったから。

「こうして一緒にお風呂に入っているのに？　じゃあ聞くけど、航平は女の子なら誰とでも一緒にお風呂に入るような、見境なしな男子なの？」

「まさか」

「ってことは、特別な相手とだけだよね？」

「そりゃ当然だろ」

「つまり幼馴染っていう特別な関係は、少なくともまだ変わってないってことじゃない？　違うかな？」

「違わない……かな」

「ね？」

しかし俺は一瞬にして千夏に言いくるめられてしまっていた。

さすがは高校に成績一位で入学した千夏だ。

なんとかギリギリで入学した俺とは比べるまでもなく、頭の回転速度も弁舌の巧みさもはるかに上だった。

「まぁそうまで言うなら、久しぶりに千夏と洗いっこをしようかな？」

千夏の言うことはそれなりに納得できるし、実際こうやって一緒にお風呂に入ってしまう関係なのだ。

だったらまぁ、ギリギリ有りなのかもしれない。

俺が意を決してバスタブから出ると、千夏もそれに続く。

千夏はすぐにボディウォッシュタオルを手に取って、石鹸で泡立てはじめた。

「後ろ向いてくれる？」

「お、おう」

泡でいっぱいになったボディウォッシュタオルが、俺の背中にフワッと触れる。

何度もしてもらったことがある懐かしい感触が、俺の背中を上下した。

「どう、気持ちいい？」

「うん」

「なんなら前も洗ってあげようか？　今日は久しぶりだから、特別にサービスしちゃうよ？」

「さすがにそれは本気でまずいんで遠慮しておく」

明らかに一線を越えてしまっている。

「そっ、残念」

言葉こそクールだが、チラリと見た千夏の顔は相変わらず真っ赤だった。

恥ずかしいなら言うなよな。

俺は千夏と、昔のようにお互いの背中を洗いっこした。

そして最後にもう一度、一緒に湯船に浸かって身体を温め直してからお風呂を上がった。

◇

昔みたいに千夏と一緒にお風呂に入って、だけどそこでまさかの逆告白をされてしまった日の夜。

俺は自室で一人、窓際にあるベッドで夜風にあたって、火照った心と身体を冷ましながら自分の心と向き合っていた。

千夏の積極的な行動を目の当たりにして、これ以上は答えを引き延ばせないと思ったからだ。

部屋の電気を消し、窓から入ってくる優しい月明かりに照らされながら、俺は今日までのことをひたすらに考え続けていた。

中学最後の春休みに千夏に告白して、ものの見事に玉砕した。

でも高校に入ってすぐ、子犬のピースケが散歩途中で逃げ出してひかれそうになったのを助けたことで、春香に好意を持たれるようになった。

なのに俺はバカで、春香に酷いことを言って傷つけてしまった。

それをきっかけに腹を割って話し合ったことで、深夜の住宅街で春香から正式に告白をされた。

俺はその時は答えを保留したんだけど、その後も春香と楽しく過ごすうちにどんどんと関係は深まっていって。

そう遠くないうちに付き合うのかな、なんて思い始めていたところで、降って湧いた今日の千夏の逆告白だった。

「千夏が俺に告白だなんてなぁ」

今でも、もしかして夢でも見ていたんじゃないかって思ってしまう。

それくらいあの逆告白は、俺にとって突拍子もない出来事だったのだ。

「でも現実なんだよな」

『航平のことが好きってこと』

風呂場で告げられた千夏の言葉を、俺は何度も思い返す。

「俺は千夏から告白されたんだ」

千夏は俺のことが好きで、俺は――。

俺の気持ちは――。

「俺は――春香が好きなんだと思う」

言葉にすると、自分でも不思議なくらいにすとんと納得ができた。

明るくて元気で、すぐ調子に乗ってしまう女の子。

だけど優しくて、俺のことをいつも気にかけてくれて、話しかけたりお弁当を作ってくれたりと、好意をぶつけてくれる女の子。

なにより千夏にフラれてやさぐれていた俺の心に、温かい光を当てて溶かしてくれた春香のことを、俺はもう好きになってしまっていたんだ。

「春香」

小さく名前を呟いただけで、たったそれだけで、心がどうしようもなくポカポカと温かくなってくる。

千夏に逆告白されて逃げ道がなくなったことで、はっきりとわかった――これが誰かを好きになる気持ちなんだってことが。

春香を好きなんだってことが。

「俺は春香のことが好きだ」

それは間違いない。

だけどそれと同時に。

「千夏のことをはっきり諦めたかって言われると、諦めきれてない俺が間違いなくいるんだよな」

千夏との恋は終わったはずだつた。

だからこの燻《くすぶ》った気持ちのことは、考えなくていいはずだった。

このまま苦い青春の思い出として、そう遠くないうちに過去の出来事になるはずだったんだ。

「だっていうのに、実はそれが終わっていなかったなんてさ」

それどころか、小さく燻っていた気持ちに、逆告白によっていきなり火を点《つ》けられてしまったのだ。

春香への『好き』がどんどん膨らんでいたところに、千夏への『好き』がまだゼロにはなっていなかったことを、俺は再認識させられてしまったんだ。

俺の心は今、二つの『好き』によってぎゅうぎゅうに溢れ返ってしまっていた。

春香と過ごしてきた、短いけれど濃密すぎる時間が。

千夏と過ごしてきた、俺の人生と同義と言っても過言ではない長い年月が。

二つの『好き』って気持ちになって、俺のなかに次々と込み上げてくるんだ。

「俺はどうすればいいんだろう――？」

二人とも『好き』は絶対にだめだ。

それじゃあ、俺を好きになってくれた二人に対してあまりに不誠実だから。

大切な一人を、大切にしたい一人を――俺はちゃんと選ばないといけない。

俺を救ってくれた春香と。

ずっと好きで、一緒にいるのが当たり前だった千夏。

俺が選ぶのは――俺が今、本当に一緒にいたい女の子は――

【第7章】

■5月13日■

翌日の放課後。

「こーへい、一緒にかーえろ♪」

いつものように素敵な笑顔で誘ってきた春香に、

「ごめん春香。今日は用事があるから、先に帰っててくれないかな？」

俺は両手を合わせてごめんなさいのポーズをした。

「ありゃ、残念……。あ、でも学校で用事なら終わるまで待ってるよ？　宿題とかスマホして時間をつぶすし」

「えっ？　その……ううん、いいよ。今日は先に帰っててくれるか？　どれくらいで終わるかわかんないからさ」

「ふぅん？　わかった。じゃあね、また明日。ちゃおー」

小さく手を振る春香に手を振り返すと、

「また明日な」

俺は春香に先に帰ってもらうと、一人、屋上へと向かった。

俺が屋上に行くとそこには既に千夏の姿があった。

「どうしたの航平？　急に屋上に呼び出すなんて」

特に何があるわけでもない殺風景な屋上には、俺たちの他には誰もいない。

だからこそ、ここを選んだわけだけど。

「千夏に伝えたいことがあってさ」

開口一番、そう言った俺に、

「改まってなに？　お隣さんなんだし、帰ってからじゃ駄目だったの？」

千夏は小さく首をかしげる。

「家はちょっとな。家族の目もあるし」

「もしかして昨日の告白の答えかしら？」

「それなんだけどさ。はっきり言うよ、俺は春香が好きなんだ」

ずっと好きだった千夏からの告白を拒否する――そのことで生じる胸の痛みを押し殺しながら、俺は意を決して伝えるべきことを伝えた。

昨日の夜一晩かけて自分の心と向き合って得た、これが今の俺のウソ偽りのない結論だった。

「そう。でも航平って、ついこの間まで私のことを好きだって言ってたはずだよね？」

千夏の言葉はもっともだ。

これじゃあ女の子なら誰でもいい、みたいな軽いヤツに見えてしまうだろう。

けど違うんだ。

「ずっと好きだった千夏にフラれて人生のどん底だった俺を、春香が救ってくれたんだ。春香があの時俺を気にかけてくれなかったら、俺はこんなすぐには立ち直れなかったと思う。だから俺は春香に感謝してるんだ。それで――」

「お礼で付き合ってあげるってこと？　それはちょっと春香に酷いんじゃないかな？」

「ごめん、今のは言いかたが悪かった。俺はさ、春香と一緒に過ごしてるうちに、変わらないといけないって思うようになったんだ」

そう、俺は春香がいたから変わろうと思うことができたんだ。

初めて出会った時に、入学早々に投げ捨てようとしていた高校生活をやり直そうと思った。

そして千夏のことを茶化されてカッとなって春香を傷つけてしまったことを、謝った時にも。

俺はあの時、これまでの自分が何も考えずに生きてきた馬鹿な子供だって、深々と思い知ったんだ。

俺が馬鹿だったせいで、俺は春香という優しい女の子を傷つけてしまった。

辛いことがあったから、何もしてこなかった自分を棚に上げて、暗い顔をして現実逃避をして。

イラっとしたら感情をコントロールできずに、理不尽にキレてしまって。

俺はあの時、そんな自分じゃいけない、変わらないといけないって心の底から思ったんだ。

「春香を傷つけてしまった時、俺は自分を変えなきゃって、もっと大人にならなきゃって思ったんだよ。辛いからって逃げずに、自分の人生をちゃんと自分で見定めて進んでいこうって、そう思ったんだ」

「そっか、航平が変わったのはあのやり取りのおかげだったんだね」

千夏が納得って感じの顔をする。

「俺の告白を断った時にさ。千夏が俺のことをパッとしないって言っただろ？」

「うん、言ったね」

「それも今ならなんとなく納得できるんだ。俺はずっと流されるように生きてきた。物心ついた時には千夏と幼馴染の関係にあって、なんとなく千夏と付き合うんだろうなって、勝手に思ってた」

今さらながら当時の俺は、本当に馬鹿なガキだったと思う。

「自分勝手に敷いた自己満足なレールの上を、俺は何も考えずに歩いていたんだ。でももう今は違う」

「そうね。最近の航平は変わった、すごく変わった。だから私も航平を異性として見るようになったんだし」

「その気持ちは嬉しいよ。俺もずっと千夏のことが好きだったから」

「だったら――」

でも、だけど。

「今の俺は春香と一緒にいたいんだ。あの時、春香が俺に寄り添って背中を押してくれたように、俺も春香の隣であの時もらった優しさを、今度は俺が大好きな女の子に返してあげたいんだ」

「……」

「あの時、やさぐれてた俺の心に光が差し込んだ。温かくて優しくて、そっと背中を押してくれる春香っていう光がさ」

「……」

「だから今度は俺が、いつか春香が困った時に、俺がしてもらったのと同じように照らしてあげたいんだ。自分の全力で支えてあげたいって気持ちこそが、人を好きになるってことなんだって、そう俺は思ったから」

俺は心の中のあれやこれやを全部、吐き出すように千夏に伝えた。

春香への想いを語ることで、今度こそ千夏への想いに完全に区切りをつけるために。

「航平って意外と詩人だったのね。もしかして大学は文学部志望だったりする？」

「茶化すなよな。俺は恥ずかしいのをすごく我慢して正直に言ったんだぞ？」

こんなのどう見ても俺のキャラじゃない。

「ごめんなさい、ちょっとムカついちゃって」

「なんでだよ!?　滅茶苦茶いい話をしただろ!?」

今のどこにムカつかれる要素があったよ？

それとも俺のポエムっぽい語りが、ムカついて仕方なかったってこと!?

酷くない!?

すると千夏は、

「ふぅ……っ」

と、小さく息を吐いた。

そしてなぜか密着するようにくっついてきた。

「な、なんだよ?」

急にくっつかれてドキッとした俺の問いかけに、だけど千夏は答えることなく、

「ちゅ――っ」

俺の頭を強引に抱きかかえると、いきなりキスをした。

「ちゅ……ちゅ、ちゅ……」

千夏の柔らかくてプリッとした唇が、俺の唇に合わさっていた。

しかもそれだけでなく、時おり千夏の舌が俺の唇をなまめかしく舐めとっていく。

「んぅ――っ」

突然のことに動揺する俺を気にもせず、

「ちゅ、ちゅ、んちゅ……」

千夏は俺に体重を預けるように抱きつきながら、熱烈なキスを繰り返す。

「ちょ、おい。いきなりなにすんだよ――」

千夏が息継ぎをするタイミングで、千夏を押し飛ばすようにして俺は千夏から距離を取った。

思わず指で唇を撫でると、そこには唾液に濡れた跡があって。

今、千夏にキスされたのか？

なんでいきなり千夏がキスを？

「なにって、ムカついたからキスしたの」

「意味がわかんねぇよ」

俺は強い口調で抗議する。

だけど千夏は再び距離を詰めてくると、もう一度、俺の言葉に被せるようにしてキスを仕掛けてきた。

「ん――ちゅ、ちゅ、れろっ」

まだ気が動転していた俺は、二回目のキスも簡単に許してしまって――。

唇が触れあい、千夏の舌がまたもや俺の唇をなぞっていく。

でも、だけど。

仕方ないじゃないか。

だってずっと好きだった相手からキスされたんだぞ？

しかも千夏は『超』がつくほどの美人なんだ。

頭が真っ白になってどうしたらいいかわからず、あたふたしてしまうのも仕方ないだろ？

それでも俺は気を持ち直すと、千夏の身体を引き離した。

「なんでこんなことするんだよ」

そして軽く睨みつけながら問いかける。

「航平が悪いんじゃない」

「なんでだよ」

「だって好きな人が、別の女の子の惚気話《のろけばなし》を熱く語って聞かせてくるんだもん。だからムカついてキスしちゃったの」

「なんだよそりゃ……」

「そんなこと言ってまんざらでもなかったくせに」

「そんなことは――」

ない、と俺が言いかけた時だった。

バタン。

校舎から屋上に出るためのドアが開いた音がして――、

「ぁ……えっと……」

そこに春香がいた。

「春香？　なんでここに……」

まさか今のを見られていたのか？

俺と千夏がキスしたところを見られていた？

俺の背中を冷や汗が流れる。

春香はそわそわと視線を泳がせながら俺と千夏を交互に見やると、おそるおそる口を開いた。

「えっと、わたし、あの……覗き見なんてする気はなくて。こーへい、何の用事があるのかなって気になっただけで……それであの、ついこっそりついてってたら……わたし、二人がそういう仲だって知らなくて……えっと、あの、その、勝手に見て迷惑かけてごめんなさい！」

最後に大きな声でさけぶように言うと、春香は１８０度回れ右をして走り去っていった。

その瞳は真っ赤で、涙が溜まって今にも流れそうだった。

「春香！　ちょっと待ってくれ、誤解なんだよ！」

俺は慌てて春香を呼び止める。

だけどその声は春香の心に届くことはなく、春香は俺の声を完全に無視して逃げ去っていった。

足でも滑らせたら一大事だぞってくらいに、ズダダダダン！　と大きな音をたてる猛ダッシュで、春香は一目散に階段を駆け下りていく。

そして屋上には俺と千夏だけが取り残された。

「どうも一部始終を見られてたみたいね」

「……みたいだな」

こっそり俺の後をつけてきたってことは、話の最初から覗いていた可能性が高い。

でも俺はちゃんと最初から最後まで、春香のことが好きだって千夏に伝えたんだ。

なのに誤解して逃げ出したってことは、

「くそっ、見てはいたけど、会話は聞こえてなかったのか」

つまり春香の中では『俺と千夏が屋上でこっそり密会してキスをしていた』ってことになっているわけだ。

くそっ。

１００％完全に誤解なのに、千夏が突然キスなんてしてくるから――――！

いや……嘘だな。

１００％じゃなかった。

俺は千夏にキスをされた時に、心のどこかで嬉しいって思ってしまったんだ。

だって俺は、千夏が嫌いになったわけじゃないんだから。

千夏への想いは、完全にゼロになったわけじゃなかったんだから。

春香はきっと俺の顔を見てそれを悟ってしまったんだ。

出会ってからずっと俺のことを見てくれていた春香は、だからきっと千夏とキスをした俺の顔に『喜び』があったことを、敏感に読み取ったに違いない。

他の誰でもない俺自身が、春香の誤解を招いてしまったんだ。

俺の心の甘さが、春香をまた傷つけてしまったんだ――――あの時みたいに。

後悔が次々と押し寄せてくる俺に、

「航平、なにしてるのよ？　早く追いかけなさいよ？」

千夏がしれっとそんなことを言ってきやがる。

「あのな、元はといえば千夏のせいだろ。千夏があんなことをしてこなきゃ、こんな事態にはならなかったんだぞ？」

「それとこれとは話が別。だって今は航平が何をするかでしょ？」

「そんなことくらい、言われなくたってわかってるさ！　ったく、あとで覚えとけよな？　あと俺のカバン頼んだ！　教室にあるから家まで持って帰ってくれ！」

俺はそう言うと、

「はいはい、ちゃんと家に届けておくわ。だから頑張ってね」

少し寂しそうに返事をした千夏の声を背中越しに聞きながら、全力で春香を追いかけ始めた

——


俺は春香を追って階段を駆け下りながら、ラインで『ごめん春香、でも誤解なんだ』と急いで送信。

さらに『会って話したいんだ』『今どこにいる？』と立て続けに送信しながら、春香がどこに行ったのかを懸命に考える。

春香が逃げ出した時、振り返った瞬間に通学カバンを肩にかけていたのがちらりと見えた。

そして足音の感じだと階段を一階までまっすぐ下りていったっぽい。

この階段の下は昇降口だから、多分もう校内にはいないはずだ。

「勝手に見ちゃってごめん！」

昇降口まで来た俺が、確認のために春香の下駄箱を開けてみると、やはりいつも履いている

ローファーはなく、代わりに上履きが乱雑に突っ込んであった。

春香は家でも学校でも、靴を履き替える時はいつも丁寧に揃えている。

だから今この瞬間に限って、俺から逃げるために急いで履き替えた上履きを、投げ入れるようにして下駄箱に突っ込んだんだろう。

それはつまり、

「それぐらい春香がショックを受けたってことだよな」

強い焦りとともに悔恨の念が俺を襲ってくるが、今の俺は後悔して立ち止まっているわけにはいかない。

まずは春香を見つけるんだ。

「謝るのは後でいくらでもできる。謝っても聞いてもらえないかもしれないけど、そんな心配はその時になってから考えたらいいだけのこと！」

だから今はまず、春香を見つけるための最速で最善の行動を取れ！

「でももし学校の外に出たとすると、見つけるのはかなりきついな。捜索範囲が無限に広がったってことだから」

スマホを取り出して祈るようにラインを確認してみたものの、既読はまだついていなかった。

「まずったな、完全に初動をミスったぞ」

春香が走り出した瞬間にすぐ俺も追いかけて、何がなんでも校舎内で春香に追いつかないといけなかったんだ。

藁にもすがる思いで校舎の外に視線を向けてみたけれど、もちろん春香の姿はどこにも見当たらない。

「ローファーもないし姿も見当たらない。校門を出たのは間違いないか」

元気ハツラツなピースケを毎日散歩に連れていっているだけあって、春香の脚力はかなり高い。

走り続けるだけの体力も持っている。

いきなり千夏がキスしてきて、さらにそこに春香が現れるという連続アクシデントで頭が回らず、すぐに追いかけられなくて無為に時間を浪費してしまったのは、取り返しがつかない致命的なミスだった。

なによりも。

「くそっ、俺はまた春香を傷つけちゃったのかよ」

なんで俺はこうも成長しないいんだ。

変わろうって思って、ちょっとは変われたって思っていたのに――！

「いいや、終わったことをぐだぐだ考えてる場合じゃない。それじゃ千夏のことを言われてキレてしまって、春香を傷つけてしまったあの時と何も変わらないだろ」

少なくとも俺はもう、春香を傷つけたことを見ない振りして先延ばしにして、もっともっと傷つけてしまうような真似だけは、しやしないって決めたのだから！

俺は頭を振ると、自分自身に宣言するように言った。

「捜すぞ。絶対に春香を捜す。俺が今すべきことはそれだけだ。何がなんでも春香を捜し出す！　そしてちゃんと気持ちを伝えるんだ！」

俺は自分の中で、今一番にやるべきことをしっかりと確認した。

俺はなかなか既読がつかないラインに、さらに追加で『本当にごめん』『話がしたいんだ』『今から会いに行く』と送信をし、着信音にすぐ気付けるようにボリュームを最大にすると、

「学校が終わったら普通は自分の家に帰るよな。つまり一番可能性が高いのは春香の家のはずだ」

春香の家に向かって全力で走り出した。

◇

ピンポーン、ピンポーン、ピンポーン。

息を切らせて春香の家へとたどり着いた俺は、繰り返しインターフォンを鳴らす。

しかしいつまで経っても春香は出てこなかった。

「春香！　なぁ春香ってば！　会って話がしたいんだ！　出てきてくれないか！　春香！」

近所迷惑を覚悟で大きな声で呼びかけてみたけれど、やっぱり反応は返ってこない。

「家にはいないのか？」

春香の両親は共働きで平日はいないと言っていた。

だからもし居留守を決め込まれていたらお手上げだ。

居留守かどうかを俺に確かめるすべはない。

だけどなんとなく、春香は家にいないんじゃないかなって思った。

理由なんてない。

ただ本当になんとなくそう思っただけだ。

しいて言うなら玄関の門が、綺麗に閉じられていたからだろうか。

上履きを乱雑に下駄箱に突っ込むほど取り乱してた春香が、逃げるように家に帰ってきたとしたら、玄関の門は多分開けっ放しになるんじゃないかなって、そんな風に思ったのだ。

もちろんこれじゃ全然確証には至らないし、家に帰ってくるまでに少し落ち着いて、門を丁寧に閉めただけかもしれない。

だけどこの時の俺は、春香は家にいないって直感したんだ。

「どうせ確かめようはないんだ。なら今はこの直感を信じるのみ！」

俺が当てもないまま、だけど強い気持ちのままに春香を捜して走り出そうとすると、俺の声を聞いたからかピースケが軽快な足取りで門のところまでやってきた。

キャウン？

いつもは一緒のご主人様がいないからか、ピースケは門扉を挟んだ向こう側で不思議そうに俺を見上げてくる。

「なぁピースケ。春香はもう帰ってるか？　どうしてもすぐに会って話したいんだよ」

無駄を承知で聞いてみるが、もちろん答えはない。

ピースケは呑気に尻尾を振りながら、のほほんと俺を見上げている。

だけどその平和そうな顔を見たことで、俺の心は少しだけ冷静さを取り戻していた。

「落ち着け広瀬航平。このまま闇雲に捜し回っても見つけられる確率は低いぞ」

早く春香を見つけないとと逸る心に言い聞かせるように、俺は呟いた。

「いったん立ち止まって考えよう」

もちろん考えるべきは俺の気持ちじゃない、春香の気持ちだ。

春香の気持ちになって考えるんだ。

「家にいないとなると、寄り道したってことだよな。追い抜かすはずがないし」

でもこんな時に寄り道をするか？

したとして、どこに？　なんのために？

去り際、春香の目には涙が溜まっていた。

春香は今、きっと泣いている。

ってことは、人目につく場所には行きづらいはずだ。

だから行くとしたら、一人で泣いていても誰も気にしない場所だ。

「そうだ、泣いていても人の目が気にならないところに、春香はいるはずなんだ」

泣くなら誰もいない自宅が一番だろうけど、俺が来る確率が一番高いのもまた自宅だ。

だから俺に会いたくない春香は自宅には帰らなかった。

「でも自宅以外に、そんな秘密の隠れ家みたいなところがあるのか、って――あっ！」

門の向こうにいるピースケの顔を眺めながら春香の居場所を推理していた俺は、とある場所に思い至った。

人目につかなくて隠れ家みたいな、辛いことや嫌なことがあった時に一人でいられる秘密の場所。

そんな場所を、俺は春香に教えてもらっていたじゃないか――！

「ありがとなピースケ。お前の顔を見たおかげで、春香の居場所がわかったかもしれない」

キャウン！

俺は相変わらず何もわかっていなさそうなピースケに感謝を告げると、思い浮かんだ場所に向かって走り出した。

待ってろよ春香。

今、行くからな。

◇

ピースケと別れた俺は、いつかの公園へとやってきていた。

春香と一緒にピースケの散歩をした時にふらっと寄った、住宅街の中にポツンとある人気《ひとけ》のない小さな公園だ。

『小さい頃から、しんどいことがあるとここに来て、一人でぼぅっとしながらブランコに座ってるの』

そんな風に言っていた、春香の秘密の隠れ場所。

辛い時やしんどい時に立ち直るための、その小さな小さな公園に、

「春香、やっぱりここだったか。捜したんだぞ？」

「こーへい、なんでここにいるし……意味わかんないし……」

春香はいたんだ。

春香はブランコに座ってキコキコと小さく揺らしていた。

俺が近づいていくと、春香は身体を一瞬ビクッとさせる。

だけどここまで走って疲れたのか、それとももう逃げられないと観念したのか、はたまたもう何もかもどうでもよくなってしまったのか。

春香はブランコに座ったままで動こうとはしない。

その代わりに怒ってるような、悲しんでるような、拒絶してるような、諦めたような――いろんな感情のこもった瞳が俺をじっと見つめてきた。

今は泣いていないけど、涙の痕が残っているから一度泣いた後なんだろう。

俺は春香を刺激しないように、目の前までゆっくりと歩いていくと、

「春香の家に行ったら誰もいなかったんだ。でも代わりにピースケとは会えたんだよ。ピースケの顔を見ていたら、もしかしたらここかなって思ったんだよな。春香、言ってただろ？　し

んどい時はここで気分転換するんだって」

俺は自分が出せる中で一番優しくて穏やかな声色で言った。

「そういえば言ったたね。ピースケの散歩をしてた時だっけ。こーへいにリードを持ってもらったんだよね」

「そうそうあの時。まったくピースケには感謝しかないよな。元はと言えば春香と仲良くなれたのも、入学式の日にピースケがやんちゃしたおかげなんだし。そして今日もピースケのおかげでまた、こうやって春香と会うことができたんだから」

「あはは、じゃあ今度会ったら褒めてあげて、きっと喜ぶよ」

「そうさせてもらう」

「でも――」

「ん？」

「でも、わたしはさ……うっ、ひぐっ……今はちょっとだけ……ぐす、ひとりに……なりたかったり……だし……」

嗚咽《おえつ》をこらえながら途切れ途切れに言葉を紡ぐ春香の瞳から、一筋の涙が頬を伝ってこぼれ落ちた。

そして一度決壊してしまった涙腺は、次々と涙を溢れさせてはこぼれ落ちていって――。

「春香――」

必死に涙を堪えようとして、だけど堪えきれないでいる春香の泣き顔を見ているだけで、俺の心はどうしようもないほどに締め付けられる。

俺はいてもたってもいられなくなってしまって、

「春香――！」

もう一度強く名前を呼ぶと、込み上げてくる想いに突き動かされるようにして最後の一歩を詰め、春香を優しく抱きしめた。

ブランコに座った春香の頭を、俺の胸のあたりで抱きかかえるような格好で、俺は春香を抱きしめる。

「春香――」

春香の頭を胸に抱きかかえながら、俺は耳元で三度その名を呼んだ。

だけど春香はイヤイヤをするように身体をゆすって、俺から離れようとする。

「やだ、放してよ……ひぐっ、こーへいは千夏がいいんでしょ。うっ、ぐす……わたしはいらない子なんだから……すん……ほっといてよ」

だよな。

やっぱりそう思っちゃってるよな。

そういう勘違いをさせちゃったよな。

「全部誤解なんだ」

「誤解なんてしてないもん……事実だもん」

「事実じゃないってことを、今から説明させてくれないか？」

「言い訳なんて聞きたくないもん……やめてよね、勘違いちゃんをしちゃった上に、言い訳までされちゃったら、わたしすっごく惨めじゃん……」

「言い訳じゃなくて、本当に誤解なんだ」

「聞きたくない」

「だからここではっきり言うよ」

「うるさいなぁ！　だから聞きたくないって言ってるじゃん！」

春香が声を荒らげた。

今までに一度も聞いたことがないような、感情が爆発したような声。

「そう言わずに聞いてくれ」

「やだ、やだやだ！　一人にしてよ、もう！」

「春香を一人になんてしないよ。だから聞いてくれ春香、頼むよ。一生のお願いだ」

「やだもん！」

「今これを伝えないと俺は一生後悔する。だから俺の話を聞いてくれないか？　な？」

「やだっ！」

「頼むよ春香、な？　この通りだ」

俺は春香を抱きしめる両手に、わずかに強く力を入れた。

聞いてくれるまで絶対に放さないってことを、言葉だけじゃなく行動で伝えるために。

「やだもん、放してよ……」

「頼むよ、な？」

「…………」

抱き締めたまま、どれだけ拒否されてもしつこく食い下がる俺との根比べに音を上げたのか、ついに春香が押し黙った。

俺は春香の沈黙を肯定と解釈すると、言った。

「俺は春香が好きだ。千夏じゃなくて春香が好きなんだ」

「嘘だし……」

「嘘じゃないさ。これからも俺は春香と一緒にいたい。俺は春香に、俺の隣にいて欲しいんだ」

考えに考え抜いた結論を、誤解なんて起こりえないようにはっきりと春香に伝えた。

入学式の日に知り合ってから一か月半、春香とともに過ごして育んできた想いを。

学校帰りに買い食いをして、早起きしてピースケの散歩をして、休みの日にはデートをして。

二人でたくさんのことをしている内に、気が付いたら大きく育っていた春香への恋心を。

なにより、これからも春香と一緒にいたいっていう強く確かな想いを。

俺はこれ以上なく、はっきりと春香に伝えたんだ。

「ぜったい嘘だし……ひっく……わたしに内緒で、屋上で二人でこっそり会って、キスしてたもん……うっ、ひぐっ、嘘つきなこーへいは大嫌いだし……ひぐっ、どっか行ってよ……」

だけど春香は俺の腕の中で、嗚咽の混じった声で俺を糾弾する。

「嘘なもんか」

「嘘だもん……わたし見たもん……千夏とキスしてたもん……」

「だからそれは誤解なんだよ」

「――っ！　なにが誤解なの!?　誤解って言うなら、じゃあなんで？　なんでこーへいは、そもそもわたしに隠れて、千夏と二人っきりで屋上にいたの？　どう考えたっておかしいじゃん！」

俺の答えを聞いてついに堪忍袋の緒が切れたのか、春香の口調がきついものになる。

俺の腕の中で、キッと見上げてくるその顔は怒りに染まっていた。

だけどその瞳は涙で真っ赤に泣き腫れている。

俺と春香の視線が交錯した。

だけど、ついに。

俺の話なんて聞きたくないって言い続けた春香が、俺の話を聞く素振りを見せてくれたのだ。

全てを話すなら――今だ。

「だって俺は屋上で、春香のことが好きだって千夏に伝えたんだぞ？」

「……えっ？」

俺のその一言で春香が怒り顔から一転、大きく目を見開いてポカーンとした顔になった。

そんな春香に、俺は矢継ぎ早に言葉を繰り出す。

「俺は屋上に千夏を呼び出して、春香のことが好きだから余計なことはしないでくれって伝えたんだよ。そうしたら、好きな相手から惚気話を聞かされてムカついたって言われてさ。いきなり不意打ちでキスされたんだ」

「え……？　ええっ？　そ、そうだったの!?」

「おうともよ」

だからこれ以上心配なんてする必要はないんだぞって気持ちが伝わるように、俺はゆっくり大きくうなずいてみせた。

これで俺の真摯な想いも、しっかりと春香に伝わったはずだ――、

「でもこーへい、千夏にキスされてちょっと嬉しそうだったよね」

残念ながら俺の想いは、春香からの厳しい糾弾となって返ってきた。

「うぐっ……！」

だがここでヘタレてはいけない。

今この瞬間だけは、絶対に何があってもヘタレちゃいけない場面だから。

そしてヘタレないこと以上に、嘘だけは許されなかった。

嘘で誤魔化すなんて裏切りを、俺は春香に絶対にしたくなかった。

「そ、それはその、あの、だから、えっと……嬉しくなかったかと聞かれたら、そういう気持ちが完全にゼロではなかったんだけど」

「やっぱり嬉しかったんだ……」

「ほんのちょっとだけな？　ほんのちょびっと」

「二回もキスされてたし……」

「うえっ!?　あ、あああ、あれはえっと、その、急なことすぎて完全に気が動転してしまったというか！」

「それで二回もキスしたの？」

「あ、はい」

春香に問い詰められた俺は、もはや首を縦に振るしかなかった。

「こーへい、最悪だし」

「だよな、ごめん」

「こーへいのヤリチン」

「ヤリチンでは……なくないか？　でも、ごめんな。春香を傷つけちゃって」

「うん、すっごく傷ついたし」

まぁ最後のヤリチンどうのは置いておいてだ。

春香に最悪と言われて、俺は言い訳のしようがなかった。

文句なしにズバリその通りだったから。

春香を好きだと言いながら、ずっと好きだった幼馴染の千夏にキスをされて嬉しいと感じてしまった俺は、本当に最悪でクズでカスなクソ野郎だ。

春香に詰《なじ》られるのも当然だった。

でもさ。

それでも俺は、春香に好きって気持ちを伝えるんだ。

何度だって説明して自分の想いを伝えるんだ。

俺がバカをやったせいで、大好きな女の子を泣かせてしまったんだ。

だったら俺がやらないで誰がやるってんだ？

クズと言われようが最悪と言われようが、構いやしない。

春香の心を解きほぐすんだ。

高校の入学式の日、やさぐれて不貞腐れていた俺を春香が助けてくれたように、今度は俺が、泣いてる春香の心を解きほぐすんだ――――！

俺がもう一度、春香に想いを伝えようと口を開きかけた時だった、

「でも……好き」

「えっ？」

ふいに、俺の腕の中で春香が小さくつぶやいたのは。

「わたしは、わたしを捜しに来てくれたこーへいが好き。わたしに優しいこーへいが好き。必死に言い訳するこーへいが好き。ピースケを助けてくれたこーへいが好き。わたしを好きって言ってくれるこーへいが、わたしは好き……大好き」

その言葉とともに、それまでイヤイヤをして俺の腕から逃げ出そうとしていた春香が、俺をぎゅっと抱き返してきた。

そしてギュッギュッと俺の胸に顔をうずめるようにして、甘えるようにおでこを押し付けて

くる。

「春香？」

「好きなの。わたし、こーへいが好き……大好きなの。だから、だから……わたしのことを見て？　ずっとわたしだけを見て？」

かすれるような小さな声でつぶやく春香に、

「ずっと春香だけを見るよ。約束する。俺は春香の隣で、ずっと春香のことだけを見続けるって約束する」

俺は春香を安心させるように頭を撫でながら、言葉を紡いでいく。

「千夏よりも？」

「もちろんだ。俺は春香と一緒がいいんだ。ううん、春香と一緒じゃなきゃ嫌なんだ」

「こーへいは、わたしのこと、好き？」

「大好きだよ。当たり前だろ？」

「じゃあ結婚してくれる？」

「うーん……さすがにかなり先のことなんで約束はできないけど、春香と結婚できたらいいなとはなんとなく思ってる」

「えへ、えへへ……こーへい、好き」

俺の腕の中で、春香が再び俺を見上げながら言った。

その瞳はまだ涙で潤んではいたけれど、もうすっかり笑顔になっていて、喜びが隠しきれないでいるのがこれでもかと伝わってきた。

「俺もだよ。春香のことが大好きだ」

「うん……」

春香がそっと目を閉じる。

何をすればいいか、ヘタレの俺でもさすがにわかる。

俺は少し屈んで春香の目線に合わせると、そっと顔を寄せていった。

チュッと、唇が触れあって――離れる。

「えへへ、ちょっとしょっぱいね。ごめんね、涙の味で」

春香が恥ずかしそうにはにかんだ。

「むしろ、これぞ青春の味じゃないか？」

そしてどや顔で切り返す俺。

ふふん。

今のはなかなか上手く言ったんじゃないか？

「……」

だけど春香は凍り付いたように黙り込んでしまった。

なんとなく視線まで冷たい気がする。

温める器具がない場所で、すっかり冷めてチーズが固くなったピザを出された時の、死んだ魚のような目をしていた。

「なんか言ってくれよ？　いきなり無言になられたら切ないだろ」

「じゃあ……ポエム？　もしくは若気《わかげ》の至り？」

「酷い評価だな!?」

「あはは、こーへいには青春の味とかそういうの、全然似合わないし」

「へいへい。どうせ俺はパッとしない平凡な男子高校生ですよ」

「そうそう、こーへいはそれでいいの。だってそんなこーへいが、わたしは大好きなんだもん♪　大好きな彼氏なんだもん♪」

「お、おう……ありがとな」

「どーしたのこーへい？　あ、もしかして照れてる？　顔が赤いよ？」

「そりゃ照れるだろ？　こんなにも可愛い春香が彼女になって、しかも大好きって言われたんだからさ」

「はぅっ!?　彼女っ!?」

俺の言葉に、春香の顔が一瞬で真っ赤になる。

「な、照れるだろ？　彼女さん？　うりうり、さっきまでの威勢はどうしたんだ？」

「へぅ……わたし、彼女……こーへいの彼女……」

目をあちこち泳がせながら小さく呟いた春香は、今やもう耳や首まで真っ赤っ赤に染まっていた。

「そういうわけだからさ。これからは彼女としてよろしくな、春香」

「うん♪　こーへいも彼氏としてよろしくなんだからね？」

「おうよ、任せとけ」

「えへへっ♪」

なんかもう嬉し恥ずかしで、にゃーん！　はにゃーん！　状態だった俺と春香は、溢れる想いに背中を押されるようにして、何度も何度もキスをかわした。

唇が触れ合うたびに、心が大きな温もりで満たされていく。

そしてそんな俺たちを、静かで小さな公園だけがそっと見守ってくれていたのだった――


ちなみに。

家に帰ると、玄関を入ってすぐのところに俺のカバンが立てかけてあった。

千夏にカバンを持って帰ってくれたお礼と、春香と付き合うことになったことを伝えると、

「そう、おめでとう。彼女ができて良かったね」

と、えらくそっけなく返された。

納得してくれなかった時のために、いろいろ説得する言葉を考えていたんだけどな。

屋上であんなことまでしたっていうのに、こんなにあっさりと受け入れてくれるもんなんだな。

俺が千夏にフラれた時は、この世の終わりみたいに思ったんだけど。

これが男女の違いなんだろうか。

「まぁ、いっか」
俺はこの件に関しては、深くは考えることをやめた。
だって女の子のことを考えるなら、やっぱ春香のことだろ？
春香は今、何してるのかな？
あとで電話してみよ……むふっ。
晴れて春香と恋人同士になった俺は、超浮かれ気分でその日の夜を過ごしたのだった。

【第8章】

■5月15日■

「よしっ、いい天気だな。雲ひとつ見当たらないぞ」

学校が休みにもかかわらず、早起きをしてすぐに部屋の窓から見上げた空は、一面青色に染まっていた。

文字通り、雲一つない青空だ。

そんな絶好のお出かけ日和に、俺は春香とデートの約束をしていた。

正式に付き合い始めて初めてとなる、カップルとしてのデートだ。

例によって親にもらったタダ券を使って、二駅隣の室内レジャープールに遊びに行く予定なのだ。

天気がいいこともあって、俺のテンションは朝一からいい感じに上昇していく。

「天気予報だと、夏ってくらいに温度が上がるから熱中症には要注意って言っていたし、水分補給にだけは気をつけないとな」

確認するように呟いた言葉は、自分でもそうとわかるほどに軽やかだ。

端的に言うと浮かれていた。

朝シャワーをしたり、いつもの二倍の時間をかけて丁寧に歯みがきをしたりと、人生で一番ってくらいに準備に時間をかけてから、待ち合わせの十分前に駅前へと到着してみると、

「よし、春香はまだ来てないな」

春香の姿はまだどこにも見当たらなかった。

今日はラウンドワンコでデートをした時と同じように、どちらかの家の前ではなく駅前で待ち合わせをすることになっている。

なにせ今日は彼氏彼女になって初めての特別なデートなのだ。

日常とは一線を画した、スペシャルなデート感を大事にしたいと思うのは俺でなくても当然だろう。

昨日の夜にも春香と電話で話したんだけど、

『ねぇねぇこーへい。明日も、家の前じゃなくて駅前で待ち合わせしようよ？』

『ゴールデンウィークにラウンドワンコでデートした時みたいにか？』

『だってほら、カップルになって初めてのデートだし、朝の散歩をする時みたいに家の前で待ち合わせは、ちょっとないかなーって』

『その気持ちはわかるな』

『でしょでしょ？』

『明日は一度きりの特別なデートだもんな。待ち合わせから帰るまで全部、特別にしたいよ

な』

『さすがこーへい、話わかる～！　じゃあ十時に駅前でいい？』

『おっけー』

『遅れちゃダメだからね？』

『春香との待ち合わせに、俺が遅れるわけないだろ？』

『もぅ、嬉しいこと言ってくれちゃって♪　このこのっ♪』

『こう見えて俺は春香の彼氏だからな』

『えへへ～、そうなんだよね～。こーへいはもう、わたしの彼氏なんだよね～♪』

『なんか改めて言うとすっごく照れるな――っと、もうこんな時間か』

『わっ、もう十一時過ぎてるじゃん。結構長い時間、話しちゃったね』

『じゃあそろそろ切るな』

『おやすみ、こーへい♪　また明日ね。大好き、ちゅっ♪』

『おやすみ、春香。俺も大好きだぞ』

――みたいなね、やりとりをしたんだよね。

しちゃったんだよねぇ。

でへっ、でへへへ。

おおっと、これからデートだっていうのに、だらしなく思い出し笑いをしてニヤついてしまった。

俺は頬を軽く叩いて、にやけた顔と気持ちに活を入れた。

もう待ち合わせ時間まではあと五分ほど、そろそろ春香が来る頃だ。

なんてったって今日の俺は春香の彼氏だからな。

可愛い可愛い俺の彼女を、カッコよくスマートにエスコートしなければならないのだ。

でもでも、春香ってば甘えたがり屋でマジほんと可愛いんだよなぁ。

今日はどんな服を着てくるんだろう？　楽しみだなぁ。

ま、どんな服を着ても、春香は可愛いんだけどな、ふふっ。

などと相も変わらず頭の中がお花畑で、なんならひらひらと蝶々まで飛んでいた俺は、

「だーれにゃん？」

ふいに背後から目隠しをされたことで、我に返った。

しかもされたのは、ただの目隠しではなかった。

なんとも言えない柔らかい感触が、俺の背中にぎゅっと密着してくるのだ。

目隠し&バックハグという二つの愛情表現がラブシナジーしたこれは、言うなればそう、ラブラブ目隠し&バックハグ――って、まんまか。

もちろん誰がやったかなんて、いちいち後ろを見なくたってわかる。

こんな可愛らしいことをしてくれるのは、もちろん、

「俺の彼女さん」

春香だった。

「もぅ、俺の彼女だなんて……えへへっ♪」

春香は甘い声で照れたように言いながら俺の目から手を、背中から身体を離すと、とてとてと俺の前へと回って来る。

「おはよう春香」

「おはよー、こーへい。待った？」

「いや、今来たとこだよ」

「よかった♪」

このやり取り自体は、ラウンドワンコでデートした時とほとんど変わらない。

だけど正式に彼氏彼女になったという事実があるだけで、その１００倍、いや1万倍くらいに俺の声も心も軽やかに弾んでいた。

さっきからどうにも浮かれ気分を抑えることができない。

だが、それもこれも俺の彼女が——春香が可愛すぎるせいだろう。

「まったくイケナイ子だな、春香は！」

「えっと、急になに？」

「な、何でもない……」

ヤバイ、浮かれすぎて心の声が言葉になってしまったぞ。

「でもでも——」

「ん？」

「さっき物思いにふけってたみたいだけど、なにか考え事でもしてたの？　実はわたし、最初は普通に前から近づいたんだよね。でもこーへいってば、目の前に行っても全然気づかなかったから」

「うわっ、マジかよ」

目の前に彼女がいたのに気づけないとか、どうやら俺は自分で思っている以上に浮かれているらしい。

「だから後ろに回って驚かせちゃおって思ったんだけど。もしかしてなにか心配なことでもあるの？」

その言葉の通り、春香が心配そうな顔で尋ねてくる。

「そういうんじゃなくて、春香とカップルになったってことを考えたら嬉しすぎて、ちょっと自分の世界に入っちゃってたんだ」

「もぅ、こーへいってば……えへへ、大好き♪」

「お、おう……」

くっ、照れながら上目づかいではにかんだ春香が、可愛すぎて困るんだが!?

なんだよお前、マジ天使かよ？

お向かいの天使様かよ？

「それで、どんな感じだった？」

春香がフワッとしたことを尋ねてきた。

「どんな感じって、なにが？」

「デートの待ち合わせをしていたら突然、彼女に後ろから抱き着いて目隠しされたら、どうだったのかなって？　嬉しかった？」

「んー、そうだな……」

俺は少し記憶をさかのぼって、さっきの一連のやりとりを思い出す。

「わくわく……わくわく……」

春香が期待に目を輝かせていた。

「んー、目隠しは実質二回目だったから、特にこれってのはなかったかな」

「ううっ、こーへいのいじわる。ふーんだ」

俺のつれない感想を聞いて、春香が拗ねてしまった。

でも、わざとらしくプイっとそっぽを向く姿が、これまたすごく可愛いんだよな。

チラッと横目で俺の顔をうかがってくる仕草に、どうしようもなく胸がキュンとしちゃうのだ。

今までと変わらないなんでもない会話のはずなのに、くぅっ！　これが友達以上・恋人未満から正式にカップルになったってことなのか!?

言葉とか仕草とか、春香を構成するなにもかも全てが、なんかもう可愛くて愛おしくて仕方なかった。

ならば俺も、素直な気持ちをしっかりと伝えないとな。

か、彼氏として！

「ごめんごめん。そうだな……うん、春香を感じた」

俺は素直に気持ちを伝えたんだけど――、

「ふぇぇぇぇぇ――!?」

俺の感想を聞いた春香が、すっとんきょうな声をあげた。

って、おい!?

俺はなにを本能のおもむくままに、心情を吐露しちゃってるんだよ!?

『春香を感じた』とか、かなり変態っぽい台詞なんだが!?

少なくともカップルに相応しい、もっと気の利いた物言いってもんがあるだろうよ、俺。

のっけから失言してしまった俺が慌てて春香を見ると、

「こーへいってばストレートすぎだよ……もぅ、こーへいのえっち……」

両手の人差し指をつんつくしながら、真っ赤な顔をして視線を泳がせていた。

ふぅ、やれやれ。

なんで春香って女の子はこんなにも可愛いんだろうな？

あまりにも可愛すぎて、目の前にいるだけで俺の心はどうにかなってしまいそうだよ。

そして可愛く照れる春香はというと、夏を先取りしたような涼しげな格好をしていた。

ノースリーブの白いブラウスに、明るい萌葱《もえぎ》色のスカート。

さらに色を合わせた薄緑の薄手のカーディガンを、ふんわりと羽織っている。

ブラウスの丈も短めで、ふとした拍子におへそが見えてしまいそうだった。

足下は涼しげなミュールで、肩にかけた大きめのバッグにはきっと水着が入ってるんだろう。

全体を通して夏を先取りした、今日みたいな暑くなるだろう日にとても似合ったオシャレな装いだった。

つまり控えめに言って最高に可愛かった。

やっべ、俺の彼女、マジで世界で一番可愛くね？

「も、もぅ、こーへいってば。そんなにまじまじと見られちゃうと、ちょっと恥ずかしいんだけど。そりゃ、もちろん気合いを入れてオシャレしてきたから、見られて嬉しくないわけじゃないんだけど……っていうか、こーへい！　見るのはいいけどせめて感想を言って欲しいし、感想を！」

顔を赤くしながら照れギレをする春香に言われて、ついつい『彼女になった春香の私服』に見とれてしまっていた俺は、ハッと我に返った。

「ああ、うん。えっと、その……すごくよく似合ってるぞ」

言葉にしてしまってから、あまりにも中身のない発言だと気づく。

くっ、ダメだ。

春香と正式にカップルになって初めてのデートってことが、俺の心を激しく動揺させるんだ。

ドキマギが収まらなくて、いつもみたいに気楽に話すことがどうしてもできない。

ただ幸いなことに、春香は今のふんわりとした感想でも満足だったようで、

「う、うん。ありがと」

呟くように言うと、嬉しそうにはにかんだ。

「お、おう」

「…………」

「…………」

カップルという今までとは少し違った距離感のせいで、お互い言葉が出なくて所在なさげに見つめ合うこと、数秒。

「そ、そろそろ、行こっか？」

春香が上目づかいでそう切り出してくれたおかげで、俺たちはぎこちなく歩きだした。

駅構内へと入ると、ほとんど待つこともなく電車がホームへと滑り込んでくる。

電車に乗っている時間はわずか二駅だけなので、座らずに扉付近で立ったままでいることにした。

すると電車が少し急発進気味だったせいで、

「わっ、たた——!?」

春香がバランスを崩して、向かい合った俺の方へと寄りかかってきた。

「大丈夫か？」

そう言って優しく受け止めたんだけど——うぐっ!?

いつもとちょっと匂いが違うような?

なんだかいつもより甘ったるい匂いがしてきたぞ?

春香はいつもいい匂いがするんだけど、今日はキンモクセイのような特段いい匂いがしてきて、俺はどうしようもなくそわそわしてしまった。

しかも抱きとめた身体は途方もなく柔らかくて。

俺はいけない感情(比喩表現)が、むくむくと己を主張し始めたのを感じていた。

ふぅ、落ち着けよ広瀬航平。

デートはまだ始まったばかりだぞ。

よし、こういう時はアレだ、歴代中華王朝の出番だ。

殷・周・春秋戦国・秦・前漢・新・後漢・三国・晋・五胡十六国・南北朝・隋・唐——。

俺は歴史の授業で習った歴代中華王朝の名前を、アルプス一万尺の歌にのせて繰り返し歌う暗記法を頭の中で歌うことで、沸き起こるムラムラをなんとかやり過ごした。

「あはは、ごめんね。バッグがおっきくてちょっとバランスを崩しちゃった。ところでその、嫌ってわけじゃないんだけど? 電車の中だし人目もあるし、その、そろそろ放して欲しいかも?」

そして軽く受け止めたつもりがその実、腰のあたりをしっかと抱きしめていたことに気が付いたのは、春香にそう言われてからだった。

……ほんとだよ、ほんとなんだってば。

決して春香の抱き心地がよくて、『もうちょっとこうしていたいな～』なんてことは思っていなかったから。

ぜんぜんちょっとしか思っていなかったから！

だってそりゃ、ちょっとは思うだろ？

だって春香が——俺の彼女がすっごく可愛いんだからさ！


そんなこんなで、大きなアクシデントもなく室内レジャープールへとやってきた俺と春香は、まずは更衣室で分かれてそれぞれ水着へと着替えることにした。

俺は先にちゃちゃっと着替え終えると、更衣室前のオープンスペースで軽く準備運動をする。

すると、遅れて着替え終えた春香がてけてけとやってきた。

「お待たせ～」

そう言って笑った春香に、

「————っ！」

俺は本日二度目、またもやぽけーっと見惚れてしまった。

「実はこういう水着って初めてなんだけど、どうかな？　似合ってるかな？」

少し内股になってモジモジしながら、春香が得意の上目づかいで見上げてくる。

いつも思うんだけど、この恥ずかしそうに見上げてくる姿がどうしようもなく可愛いです！

「えっと――」

そんな春香の水着は、な、な、なんと！

ピンクのビキニだった！

なんだこれ、すごいぞ。

なにがすごいって、肌色がすごく多いんだ。

水着に覆われている面積ときたら、下着とそう変わらない小ささしかない。

普段は服の下に隠されている春香の綺麗な肌が、これでもかってくらいに露出していた。

運動好きらしくすらっとしているけれど、それだけでなく女の子らしい柔らかさを十分に感じさせるまぶしい太もも。

そしてなによりも胸元のボリュームだ。

何度か過失的接触があった時に『け、けっこう大きい……！』という感じがしていた魅惑の双丘が、小さな布きれの中で激しく自己主張をしていた。

「この水着、買ったままではよかったんだけど、いざ着てみたらちょっと攻めすぎかなーって思わなくもなかったり？　でもせっかくカップルになって初めてのデートだから、頑張って着てみました！」

最初は恥ずかしそうに小さな声で。

だけど最後は若干やけくそ気味に、早口でガーッ！　っとまくしたてるように説明をした春香。

「すごく可愛いよ。最高に可愛いよ。世界で一番可愛いよ」

そんなもん、これ以外の答えはありはしないだろう？

「えへへ、ありがと。頑張ってみて良かったー」

水着を褒められた春香がにっこり微笑んだ。

ふぅ、やれやれ。

俺の彼女、マジほんと可愛すぎじゃね？

そんな可愛い春香の彼氏だということを、俺は改めて実感し、感動していた。


その後、二人で入念にストレッチをしてから、

「じゃあどこから遊ぼっか？」

俺は春香の希望を聞いた。

「もち、ウォータースライダー！」

すると春香からは元気いっぱいの返事が返ってくる。

「だよな。ここのウォータースライダーは屋内最大級が売り文句だもんな。実は俺も楽しみだったんだ」

「だよねー。じゃあ最低五回は乗ろうね」

「五回なんてけち臭いこと言わないで、飽きるまで乗ろうぜ」

「いいね、それ賛成！」

俺は春香と一緒に、この施設一番の目玉であるウォータースライダーの待機列へと並んだ。

特に長時間待つこともなく頂上のスタート地点まで行くと、そこには水着にスタッフパーカーを羽織った安全係のお姉さんがいた。

「おやおや、次は初々しいカップルさんですねー」

「か、カップル!?」

春香がそのワードにピンポイントに反応し、

「おいおい、なにを驚いてるんだよ？　俺たちは、か、カップルだろ？」

俺も改めて第三者から言われてしまって、どうにも気恥ずかしくなってしまいました！

俺と春香が恥ずかしそうにしているのを見て、お姉さんは、

「ほうほうふむふむ。そっかそっか～」

なにやらいろいろとわかった風な顔をしながら、にんまりと笑った。

「じゃあ二人一緒のカップル滑りですね。彼女さんは左右の取っ手を持ちながら、ここに座ってください」

春香が言われた通りに、ぽてんと滑り台の上のスタート位置へと腰かけた。

「次は彼氏さん。はい、後ろから彼女さんを抱っこするように、くっついて座ってくださいねー」

「おおう!?　いきなり何言ってんすかお姉さん!?」

「なにって、途中で離れたら危ないですからねぇ。決して離れないように、愛の力で彼女さん

をぎゅっと抱きしめてあげてください」

「ほわっ、愛……」

春香が小さくつぶやいた。

「ああでも、女の子の身体は繊細ですから、力を入れすぎないこと。腕だけじゃなく、こう大きく身体全体でそっと包み込むようにして、優しーく抱きしめてあげてくださいねー」

ノリノリでおせっかい焼きなお姉さんを前に、俺が優柔不断にオロオロしていると、

「もぅこーへいってば、早く座ってよ。後ろも詰まってるし」

春香が顔を前に向けたまま早口で言ってくる。

顔は見えなかったけど、きっと真っ赤になってるんじゃないかな。

だって耳とか首まで、真っ赤っ赤に染まってたから。

こっち向くのが恥ずかしいんだろうな。

まったく可愛いやつだなぁ、もぅ！

そして俺たちのすぐ後ろには大学生くらいのカップルがいて『私たちもあんな時代があったよねー』的な微笑ましい会話をしていた。

全ての元凶たる係のお姉さんに視線を向けると、親指を立ててGO！　GO！　とジェスチャーしている。

くっ、この銀河級おせっかいさんお姉さんめ。

もはやこれまで――俺は腹をくくると、

「で、では、失礼しまつ」

ぐぬっ、噛んでしまったぞ。

ほんと俺って奴は、ダサダサすぎて泣きそうだった。

テンパりつつも、俺は春香を後ろから抱きつくようにして座ると、腰のあたりに手を回して優しく抱き抱えるように密着する。

「んっ……」

俺の腕の中で春香がくすぐったそうな声をあげて、小さく身をすくめた。

今、俺と春香は素肌がこれでもかと密着している。

春香のすべすべの柔肌は、はっきりとわかるほどに熱く火照っていて、つまりなんかもうものすっごく恥ずかしいんですけど!?

そして係のお姉さんは――さっきまではさらっと流していたので明らかにわざとだろう――密着状態が長続きするようにと、丁寧に丁寧に一つずつ指さし呼称して確認をしつつ、やたらと時間をかけて安全チェックを済ませてから、

「じゃあ行きますよー！　お二人のこれからに幸あれ！　Ｈａｐｐｙ　ｆｏｒｅｖｅｒ！」

それは明らかにウォータースライダーをする時の掛け声じゃないだろ――というツッコミを入れる間もなく、俺と春香はくっついたままで水が流れる斜面を滑り出した。

最初のゆるい勾配から徐々に斜度がきつくなり、グルグルと回転しながらどんどんと加速していく。

「すっごーい！　たーのしー！」

俺の腕の中で春香が元気いっぱいの声を上げる。

冷たい水しぶきを飛ばしながら、だけど春香の身体の熱と柔らかさを身体全体でダイレクトに感じながら、

「わぷっ!?」

春香が可愛らしい声を上げて、俺たちはくっついたままでドボンと下のプールへと突っ込んだのだった。


結局その後、五回どころか十回以上ウォータースライダーをリピートした俺たちは、休憩がてら飲食スペースでかき氷を食べながら、感想を言い合って盛り上がっていた。

「ウォータースライダー、すっごく楽しかったね♪　特に終盤の連続カーブで、何度も反対側に振られるところ！」

「あの連続カーブは、外から見たイメージ以上にすごかったよな。一瞬、腰が浮くような感じがあったし」

「全体の距離も長いし、もうチョベリグだね！」

「チョベリグっていつの言葉だよ？　でも春香が楽しんでくれて良かった」

たしか大昔にチョーベリーグッドの略で使われたとかなんとか、テレビか何かの古《いにしえ》の流行語特集で見た記憶があるような、ないような。

「こーへいと付き合いだして初めてのデートだもん、楽しくないわけないもーん。えへへっ♪」

「お、おう……サンキュ」

そして感想を語りながら、同時にストレートに好意を伝えてくる春香に、俺はもうずっとドギマギさせられっぱなしだった。

待ち合わせから今に至るまで、春香はずっと嬉しそうにしてくれている。

だから俺も同じように、ずっと幸せな気分でいられていた。

なんかもう、幸せすぎて逆に不安なくらいだよ。

こんなに幸せでいいのか俺？

後でまとめて不幸がやってきたりしないよな？

ちなみにかき氷のシロップは俺がクールなブルーハワイ味で、春香は情熱的な赤色のイチゴ味だ。

ブルーハワイは名前もカッコいいし、色は抜けるような青が目に鮮やかだしで、実は密かなお気に入りなんだよな。

味はなんなのか、イマイチよくわからないけど。

今さらだけどブルーハワイ味って何味なんだ？

それはともあれ。

「うーっ！　ガッツリ遊んで火照った身体に、冷たい氷が気持ちいいねー」

「身体の芯から冷やしてくれるよな」

「生き返るって感じだよね～」

「それほんとわかる」

「だよね、ふふっ♪」

「あははっ」

盛り上がった俺と春香は、どちらからともなく自然と笑い合った。

それにしても、だ。

かき氷ひとつ食べるにしても、男子と女子とで全然違うもんなんだな。

俺がザクザク豪快に食べているのに対して、春香はシャクッ、シャクッとちょっとずつ可愛らしく食べている。

こういう何気ないところも、春香は女の子らしくて可愛いなぁ――などと思っていると、

「プールで食べるかき氷はほんと最高だよねー。日本人ならかき氷だよ！　あ、そうだ♪」

日本の夏の様式美にご満悦の春香が、いたずらでも思いついたように子供っぽく笑うと、

「はい、あーん♪」

自分のかき氷を一さじすくって、俺の顔の前へと差し出した。

俺はそれをパクっと口に入れる。

甘くて冷たいイチゴの味が口いっぱいに広がる。

「イチゴ味もおいしいな」

「えへへっ♪」

ああ、この世界はなんて素晴らしいんだろうか。

大好きな女の子と屋内プールにデートに来て、水着で抱き合うように触れ合って、そして休憩しながらかき氷を『あーん♪』してもらう。

俺は今、間違いなく人生の絶頂にいた。

「春香」

俺がなんとなく名前を呼ぶと、

「ん、なにー？」

春香はストロースプーンを咥えたまま、子犬のような楽しそうな笑顔で俺を見つめてくる。

大胆なビキニ水着を着ているのと、髪や肌がしっとりと濡れているのもあって、今日の春香はいつもの可愛さに加えてかなり大人っぽく感じた。

お風呂上がりみたいで色っぽくて、とてもドキドキしてしまう。

「今日の春香はいつにも増して可愛いな」

「ふふっ、今日のこーへいはいつにも増してすごく優しいよね。大好きだし♪」

「俺も春香のことが大好きだぞ」

「えへへっ、一緒だね」

「今日はデートに来てくれてありがとな」

「こっちこそ、今日は誘ってくれてありがとね♪」

「夏休みにもまた一緒に来ような」

「うんっ♪」

だから俺がまた一緒に来ようと約束するのも、これまた当然なことだった。


その後。

残ったかき氷を食べ終わると、俺たちは再びプール遊びを再開した。

ウォータースライダーをさらに数回、カップル滑りでリピートしてから、

「こーへいこーへい、50メートルで競争しよ！」

「せっかくだし、やるか」

ロープの張られた競泳コースで競争することになった。

さすがに短距離で競争をしたら、体力差で勝る男の俺が楽に勝つだろうと思っていたんだけど、

「ぜぇ、ぜぇ……。は、春香って、泳ぐの、めちゃくちゃ得意なんだな……ぜぇ、はぁ、びっくりしたよ……」

俺は大接戦の末に、僅差でかろうじて、マジでガチのギリギリでなんとか勝利をつかみ取ることに成功した。

最後は彼女にカッコ悪いところは見せられないって気持ちだけで、気力と体力を振り絞って死ぬ気でラストスパートをしたから、息も絶え絶えだ。

膝に手を突いて必死に呼吸と体力を整える。

いや、もしかしたら春香は気を遣って、俺に勝たせてくれたのかもしれなかった。

その証拠に、情けなくゼーハー言っている俺と違って、春香にはまだまだ余力のようなものが感じられたから。

「こう見えてわたし、小学二年生から六年生まで週に二回スイミングスクールに通ってたんだよねー。本格的な競技っていうよりは遊びの延長だったけど」

「どうりで飛び込み姿勢から泳ぎ方まで、何もかもが綺麗だと思ったよ」

バシャバシャと素人丸出しの、力任せで無駄の多い俺の泳ぎと比べて、春香の泳ぎは実にスムーズで洗練されていたから。

「もう一回勝負する?」

「二戦目は体力的にちょっと無理かな……ぜぇ、はぁ……」

ぶっちゃけラストスパートで力を出し尽くしたので、連戦したら50メートル途中でギブアップする可能性すらあった。

「じゃあ次は流れるプールに行こーよ。二人でまったり流されようよ」

「超賛成。流されながらちょっと休憩させてくれ」

俺たちは流れるプールに移ると、人工水流にのんびりと身をゆだねた。

もちろん春香と手を繋いだり、じゃれ合ったりしながらだ。

しばらく流されながら遊んでいると、

「こーへいこーへい、おんぶして」

言うが早いか俺が返事をするよりも先に、春香がぴょいと俺の背中に乗って、首に手を回してきた。

ウォータースライダーの時とは前後逆で、俺の背中と春香のお腹側がピタッとくっつく。

水の中なので、人一人背負っても少しも重くはない——のだが。

春香の胸が、俺の背中に押し付けられてギュムっと形を変えた。

「——!?」

その得も言われぬ感触に、俺は頭の中が一瞬で真っ白になってしまう。

「どうしたの、こーへい？　急に立ち止まって」

「い、いや、その……春香の胸が、な？」

「もぅ、またそういうこと言って。こーへいは、ほんとにえっちなんだから」

春香は口ではそう言いながらも、しかしそれとは裏腹に、さらにギュッと柔らかいものを俺の背中に押し付けてきた。

俺の肩のあたりで、柔らかいものがむにゅむにゅと自由気ままに形を変えていく。

「は、春香？」

「えっちなこーへいが他の女の子によそ見しないように、あ、アピールなんだもん」

「春香以外の子によそ見なんてしないから」

「ほんと？」

「約束する。だから心配する必要もアピールする必要もないんだぞ？」

「えへへ、嬉しい♪」

そう言いながらも、春香は胸を押し付けてくるのをやめはしなかった。

もちろん俺はそれを止めはしなかった。

俺も年頃の男の子なので……。


とまぁ、そんな風にめいっぱいイチャイチャ・デレデレしながら遊んでいるうちに夕方になり。

最後にもう五回ほど締めのウォータースライダーを堪能してから、楽しい楽しい一日はお開きとなった。

電車で二駅、見慣れた地元へと帰ってきた俺たちは、春香の家に着く。

「今日はありがとね、こーへい。すっごく楽しかった」

「俺もすごく楽しかった。また遊びに行こうな」

「うんっ♪」

向かい合った春香はそこで周囲をチラリと見て、人がいないことを確認すると、俺の腰にそっと手を回してくっついて、目をつぶって少しだけ上を向いた。

その意図を察した俺は、春香の華奢な身体を抱き返しながら、軽く突き出された春香の唇にそっと自分の唇を重ねる。

チュッ、チュッと唇から伝わる柔らかい感触に、心が更なる幸せで満たされていく。

「えへへ。また明日ね、こーへい。グッナイ！」

「また明日な、春香」

俺たちは最後にもう一度キスをしてから、名残を惜しむようにゆっくりと身体を離した。

何度も振り返る春香が、家の中に入って完全に見えなくなってしまうまで、俺は手を振り続けた。

こうして春香とカップルになって初めてのデートは、最高に幸せなままで幕を閉じた。

もちろん、家に帰ってからも春香と今日の感想をやりとりした。

彼女とのデートの後だもん、当然だよな……ふふっ。

【エピローグ】

■5月16日■

春香と屋内プールデートをした翌日。

「あのさ、千夏」

「どうしたの、航平」

「俺、今から学校行くんだけどさ？」

「そうね、私もよ。今日は月曜日だものね」

朝、玄関で靴を履いていた俺は、千夏から一緒に学校に行こうと誘われていた。

「俺、春香と待ち合わせしてるんだよ。言っただろ、春香と付き合うことになったって。だからな？」

ここまで言えば、察しのいい千夏なら全てを理解してくれるはずだった。

遠慮して欲しいとはっきり言えないのは、幼馴染ゆえの甘さだ。

「じゃあ春香の家まで一緒に行かない？　幼馴染なんだし、それくらいは構わないよね？」

「ま、まぁそれくらいなら？」

半ば押し切られるような形で、俺は千夏と一緒に春香の家に向かった。

だがしかし、その選択が完全に間違っていたことを、俺はすぐに知ることになる。

「こーへい、おっはー……って、なんで千夏がいるし」

春香の家の門の前で、俺を見た瞬間にすっごく素敵な笑顔になった春香が、横にいる千夏を見てほんの一瞬だけものすごく不機嫌な顔をしたからだ。

春香はすぐにいつもの笑顔に戻ったんだけど、あの一瞬の表情の変化で、俺は絶対にしてはいけなかったことをやらかしたのだと悟りました、はい。

「おはようございます、春香。でも私と航平はお隣さんだから、朝学校に行く時に一緒になることも普通にあるの」

「まぁ別にいいけどね……。じゃあこーへい、ここからはわたしと一緒に学校行こ♪」

春香はそう言うと、俺の腕を取って歩きはじめた。

広瀬航平は自分のものだと千夏にアピールするかのように、ぎゅっと俺の腕を抱きしめるように抱えてくる。

彼女と、そうでない者の圧倒的な差を、春香は千夏に見せつけようとしていた。

それですべてが決した――誰もがそう思ったはずだった。

だけど千夏はそんなことで引きさがりはしなかった。

「せっかくここまで来たんだから、三人で一緒に行きましょう」

そう言って、春香が抱いてる俺の腕とは反対の腕を、さも当然のように抱きしめてきたんだよ!?

「なんでだし!?　こーへいはわたしと一緒に行くんだし！　わたしがこーへいの彼女なんだし！」

それを見て春香が大きな声で騒ぎだした。

ピースケも門のところまでやってきて、何ごとかと俺たちを興味深そうに見つめている。

でも春香が怒るのも当然だよな。

もし春香が別の男と腕を組んでいたりしたら、俺だって心中穏やかではいられないだろうから。

「千夏、一緒に行くのは春香の家までだって言っただろ？　それにその、あれだ。春香は俺の彼女なんだしさ」

俺は千夏にはっきりと告げて、今度こそ彼女である春香の肩を持つ。

彼氏になった以上は当然の行動だ。

しかしながら！

この女の子が自分の彼女だってことを改めて他人に宣言するのって、メチャクチャ恥ずかしいな！

しかも千夏は実質同居の幼馴染、つまり家族同然な存在なわけだし。

「目的地は同じなんだからいいじゃない」

「よくないもん！　わたしが彼女だもん！」

そう、春香は彼女であり、千夏は実質同居とはいえただの幼馴染。

それで勝負はついたはずだった。

「彼女、ね」

しかしそこで千夏が意味深につぶやいた。

「な、なにさ？」

「せっかくだし、春香にいいことを教えてあげるわね」

「いいこと？」

春香が小さく小首をかしげる。

「日本って法治国家なのよね。だから国民はみんな法律に基づいて行動するし、しないといけないの」

「はぁ……」

春香が何が言いたいのかさっぱりわからないって顔をした。

でも安心してくれ。

俺も千夏がなにを言いたいのか、さっぱりわかってないから。

法治国家がどうの、急に何を言い出したんだ？

「逆に言えば法律に書いていないことは、基本的に大した意味は持たないの。法治国家だからね」

「ふぅん？　まぁそういうことなのかもね？　法律は大事だよね。でもそれがどうしたって言うのさ？」

「ところで法的な根拠はないのよね、彼女って。結納《ゆいのう》でもしない限り」

「………ふぇ？」

春香が狐につままれたような顔をした。

「彼女って言っても結納を交わしたりでもしていなければ、何か特別な権利があるわけでもないのよ。空気みたいに無価値な存在。言ってみればただの他人なの」

「ええっと、つまり……？」

「つまり航平が正式に結婚を約束するその日まで、春香には何の権利もないし、私と春香も完全に対等ってことなのよ」

千夏が満面の笑みで言った。

「えええぇぇっ!?　なにそれ!?　対等なわけないし！　わたし彼女だって言ったじゃんか！」

「だから言ったでしょ？　彼女なんてものに法的根拠はないんだって。しいて言うなら、そうね……自称？」

「自称!?　彼女って自称だったの!?　ううん、そんなはずないもん！　わたし彼女だもん！　こーへいの彼女だもん！　わたしがこーへいの彼女なんだもん！」

千夏のトンデモすぎる『正論』に、しかし春香は春香で『わたしは彼女』理論で反撃をする。

「それを言うなら私は幼馴染ね。一緒にご飯を食べて、一緒にお風呂に入る関係かな」

「そんなこと言って、お風呂に入ってたのは昔の話なんでしょ？　この前、中二の時までだって言ってたもんねー。わたしなんてこの前、プールに行って一緒にくっついてウォータースライダーをしたり、流れるプールでおんぶごっこしたりしたもんねー」

勝ち誇ったように言った春香。

でも、やばい――――！

俺の本能は、迫りくる致命的な危機を察知していた。

これはマズいぞ、この話は早く終わらせないといけないと、本能が激しく訴えかけてくる！

「そうね、最後に一緒に入ったのは数日前かしら？」

あぁぁ、間に合わなかったぁ……！

「ほらね、でしょう？　……って、はい？　えっと千夏。今、なんて？」

春香が目をパチクリとさせた。

「数日前に航平と一緒にお風呂に入ったって、そう言ったんだけど？」

「すうじつまえ？　すうじつ……まえ……？」

春香が俺を見た。

「いやまぁその、いろいろあって……な？」

「いろいろって？」

「ち、千夏がな？　俺が風呂に入っていたら勝手に入ってきたんだよ、勝手に。なっ、そうだよな、千夏！」

俺は早口で言い訳をしつつ、千夏に話を振った。

「そうね、勝手に入って勝手に湯船につかって、勝手に身体の洗いっこをしただけね。だって幼馴染だからね」

「か、かかか身体の洗いっこっこっこっこけー!?」

千夏に視線を向けた春香が、朝起きたばかりで元気が有り余っている、オスのニワトリみたいな奇声を上げた。

「背中とか、あとは前もちょっと洗ってあげたかな」

「前も!?　こ、ここここ、こーへい？」

春香がガクガクと声を震わせながら、再び俺を見る。

声だけでなく、春香に抱かれた腕からは身体の激しい震えが伝わってきた。

「それはその、話の流れでつい……でもあれは一応まだ、春香と付き合う前の話であって、決して浮気とか、春香を裏切ったりしたわけでは――」

「こーへいの馬鹿ぁ！　知らないもん！」

春香は言い訳する俺の腕を放り出すようにリリースすると、先に先にと一人で歩いていってしまった！

「ちょっと春香、誤解なんだってば！　待ってくれ！」

俺は当然、春香を呼び止めようとしたんだけど、

「春香は航平のことは知らないんだって。じゃあちょうどいいわね、私と一緒に学校に行きましょ？」

千夏は俺の腕をガッチリロックしたまま、放そうとしないんだ。

そしてそれを聞いた春香は、速攻で回れ右をして戻ってきた。

「わたしが一緒に行くんだもん！　こーへいと一緒に行くんだもん！　彼女なんだもん！」

「航平は私と一緒に行くわよね？　幼馴染の私と一緒に」

「こーへいはわたしと行くよね！　彼女のわたしと一緒に！」

「えっと、その……」

「航平？」

「こーへい！」

二人の殺気だった視線に見つめられて――、

「あ、間をとって今日に関しては三人で行くとか……みたいな？」

……はい、すみません。

俺は日和ってしまいました。

でもさ？

春香のことは恋人としてすごく大事なんだけど。

だからって千夏のことが、全く大事じゃなくなったわけじゃないんだよ。

千夏は俺にとってこれまでも、そしてこれからもずっと大切な幼馴染なのだから――。

「私はそれで構わないよ」

「わたしは構うし！　構いまくりだし！　わたし彼女だし！」

「だから彼女なんてただの自称なんだってば。それにいつまでもそんなこと言っていていいの？　もうこんな時間だよ？　いい加減に学校行かないと遅刻しちゃうんじゃないかな？」

千夏が見せてくれたスマホを見ると。

「げっ!?　このままちんたらしてたら遅刻するぞ」

「わわっ、もうこんな時間!?　早く学校行かないと遅刻しちゃうじゃん！　じゃ、じゃあ！

特別の特別で！　今日だけ一緒に行ってもいいよ。でも今日だけなんだからね！」

「あら、ありがとう。春香は優しいわね」

「でも今日だけなんだからね!?　特別の特別なんだからね？」

「はいはい、わかっているわよ」

だけどそう言いながらも、千夏は今までの態度が嘘みたいにすっと俺の腕を離した。

さすがに空気を読んで引いてくれたのか？

千夏が引いてくれたことに、俺はホッと胸をなでおろす。

「ま、航平のことはしばらく預けておくわ、自称彼女さんにね」

でも、そういう不必要な煽りはイチイチかまさなくてもいいんだからな？

もっと平和に行こうぜ、な？

「自称じゃないもん！」

「ねぇ、航平。自称彼女さんに飽きたら、いつでも幼馴染の私のところに戻ってきてね」

「うがーっ！　飽きないもん！　こーへいはわたしにゾッコンだもん！」

「人の心が移り行くのは、航平を好きな春香が一番わかっていることだと思うけど？」

「ああもう！　ああ言えばこう言うし！」

間に俺を挟んで、俺の彼女と幼馴染が激しく火花を散らし合う。

俺の――俺たちの物語は、始まったばかりだった。

《完》

【特別収録　運命の出会い〜春香SIDE〜】

特に何があるわけでもない、いたって普通の平日の朝。

わたしは今日も今日とてこーへいと一緒に、ピースケの朝の散歩をしていた。

正式に付き合うようになってから、ほとんど毎日のように朝は一緒だ。

実質、登校前の朝デートっていうか？

えへへ、なんちゃって〜！

こらそこ、朝からお盛《さか》んとか言うなし！

「五月も半ばになると風が気持ちいいねー」

「春先の冷たい風とは大違いだよな」

川沿いを爽やかに吹き抜ける五月風に心地よく身体をゆだねながら、とりとめもない話をしつつ、こーへいと二人で肩を並べてわたしは川沿いの土手を歩いていく。

彼氏と一緒にピースケのお散歩なんて、幸せだなぁ……。

なんてことをしみじみと思いながら、河川敷にある大きなグラウンドの前を通りかかった時だった――とある記憶がふっと、わたしの脳裏に蘇ってきたのは。

「そう言えばさ、こーへいって小学校は野球で、中学ではサッカーをしてたんだよね？」

「そうだぞ。サッカーは最後まで補欠だったから、ボールを蹴る才能はなかったみたいだけどな」

　こーへいが自嘲気味に苦笑する。

「わたしは補欠だとかそういうのは全然気にしないよ？」

「ははっ、サンキュー。春香は優しいな」

　優しいっていうよりかは、補欠でもこーへいは一生懸命にサッカーに打ち込んだんだろうなぁって考えると、それだけで愛しさがマシマシに増していくんだけど、やっぱり男の子的には気にしちゃうのかな？

　だって、か、彼女の前だもんね！

　彼氏としては、カッコよくてイケてるところを見せたいはずだもんね！

　もう、こーへいってば可愛いんだから♪

　おっとと、話が逸れちゃった。

「じゃあさじゃあさ、そこの河川敷のグラウンドでサッカーの練習をしたことってあったりする？」

　そう、わたしが思い出したのは、中学二年の頃に女子テニス部のダブルスのパートナーだった若宮《わかみや》明日菜《あすな》と、ここの河川敷のテニスコートをレンタルして特訓をした時のことだった。

　もっと言うと、その時にほんの一瞬だけ出会った男の子のことを、わたしはふっと思い出したのだ。

　あまり上手じゃないリフティングを黙々と練習していた男の子は、わたしがミスショットしてしまって転がっていったボールを拾うと、わたしの胸元へと寸分違わずピタリと投げ返してくれた。

そうそう、明日菜がその時に『運命の出会い』って言ってたっけ。

その時は『また明日菜が運命の相手と出会ってるよ。これで何人目？　運命が過労死するんじゃない？』とか思ったんだけどね？

でもでも、サッカーはあまり上手じゃないけど、ボールを投げるのはとっても得意で。

しかも同世代で、男子にしては少し背が低くて、近くに住んでるっぽいけど全然見たことがない違うエリアの住人――多分だけど川の反対側の隣の学区。

これって、なんだかすっごく聞いたことがある話じゃない？

その考えに行きついた瞬間、わたしはもう高鳴る胸のドキドキを抑えることができなかった。

昔の記憶を探ってみると――遠目で少し見ただけだからかなりうろ覚えだけど――例の男の子はなんとなくこーへいに似ている気がしなくもない。

「ああ、あるぞ。練習って言っても、一人でリフティングをするくらいだったけどな。それがどうしたんだ？」

やっぱり！

「まさか本当に『運命の出会い』だったなんて――」

「えっと、何の話をしてるんだ？　運命ってたしかベートーヴェンの曲だっけ？　ジャジャジャジャーンってやつだよな？　いや待て、ショパンだったか？　それともモーツァルト？」

「ううん、こっちの話だから気にしないで。あと運命はベートーヴェンだったと思うよ。でもそっか、そうだったんだね……ふふっ、ふふふっ♪」

「今度は急に笑い出してどうしたんだよ？」

何か変なことでも言ったかな、と不思議そうに首をかしげるこーへいに、

「なんでもないもーん♪」

わたしは今日一番ってくらいに喜びいっぱいの笑顔を向けたのだった。

もちろん、もしかしたら本当は別人なのかもしれない。

ちゃんと話をして本当にこーへいだったのかどうか、確かめるべきなのかもしれない。

でもあえて確かめないのも、それはそれでロマンチックかなって、この時のわたしは思ったのだった。

「ふふっ、ふふふっ♪」

「だからなんで笑ってるんだよ？」

「今は内緒ー。でもいつか教えてあげるね。その時に答え合わせをしよっ♪」

「何のことかすらわからないことを、いつかの時まで覚えている自信はないんだけどな……」

こーへいはそう言うけれど。

「覚えてるよ。きっとこーへいは覚えてるから大丈夫」

わたしが覚えていたように、きっとこーへいもあの時のことを覚えているはず。

だってわたしとこーへいの『運命の出会い』なんだもん、覚えていないはずがないよね。

「そこまで言うなら、俺も覚えてるように努力はするかな」

そう言いながら、なんとも腑に落ちないって顔をするこーへいを尻目に、

「よーし、ピースケ。河川敷に下りる階段のところまで競走しよっ！」

言うが早いか、わたしはピースケと一緒に走り始めた。

「ちょ、おい、春香。いきなり走るなよ」

少し遅れて走り始めたこーへいは、だけど男の子だけあってすぐに追いついてくると、少しペースを落としてわたしの横に並んだ。

そのまま二人と一匹で、わたしたちは早朝の川沿いの土手を、子供のようにかけっこしたのだった。

《特別収録　運命の出会い～春香ＳＩＤＥ～／了》

あとがき

読者の皆さま、こんにちは。

マナシロカナタです。

この度は『子犬を助けたらクラスで人気の美少女が俺だけ名前で呼び始めた。「もぅ、こーへいのえっち……」』第2巻をお読みいただき、ありがとうございました！

皆さまの熱い応援に支えられて、こうしてデビュー作から第2巻を出版することができました。

本当にありがとうございます。

盛り上がりに盛り上がっていたＷＢＣを見たい誘惑を、修行僧のごとく断ち切って書き上げたので、楽しんでいただけると嬉しいです。

また第2巻の発売日は、デビューからちょうど半年の節目でもあり、個人的に最高のプレゼントにもなりました。

そしてさらに嬉しいことに！

本作品のコミカライズ企画が進行中だそうです！

コミカライズということは、つまり絵がいっぱいついて漫画になるということ。

春香のあんなシーンや千夏のこんなシーンが、漫画で見れちゃうんです！

これからどんどん続報が公開されていくと思いますので、どうぞお楽しみにお待ちくださいませ。

最後に謝辞を述べさせていただきます。

可愛いイラストをたくさん描いていただいたうなさか先生。なかなか書きあがらない原稿を根気強く待っていただいた担当編集様。営業様やデザイナー様、校閲様ほか、関わっていただいた全ての方々に、心より感謝を申し上げます。

そして今まさにこの本を読んでいただいている読者の皆さまにも、改めて感謝を申し上げます。

ありがとうございました。

今後とも、変わらぬ応援をいただけますと嬉しく思います。

マナシロカナタ

ブレイブ文庫

毎日死ね死ね言ってくる義妹が、俺が寝ている隙に催眠術で惚れさせようとしてくるんですけど……！

著作者:田中ドリル　イラスト:らんぐ

高校生にしてライトノベル作家である市ヶ谷碧人。義妹がヒロインの小説を書く彼は、現実の義妹である雫には毎日死ね死ね言われるほど嫌われていた。ところがある日、自分を嫌ってるはずの雫が碧人に催眠術で惚れさせようとしてくる。つい碧人はかかってるふりをしてしまうのだが、それからというもの、雫は事あるごとに催眠術でお願いするように。お姉さん系幼馴染の凛子とも奪い合いをし始めて、碧人のドタバタな毎日が始まる。

定価：760円（税抜）

ブレイブ文庫
「幼馴染みがほしい」と呟いたらよく一緒に遊ぶ女友達の様子が変になったんだが
著作者:ネコクロ　イラスト:黒兎ゆう
1巻発売中!
可愛い幼馴染み?
いるよ、君の隣に…
「可愛い女の子の幼馴染みが欲しい」――それは、いつも一緒の四人組でお昼を食べている時に秋人が放った何気ない一言だった。しかし彼は知らなかった。目の前にいる夏実こそ、実は小さい頃に引っ越してしまった幼馴染みだということを!　それ以来、夏実は秋人に対してアピールしていくのだが、今まで友達の距離感だったことからうまく伝わらなくて……。いつも一緒の友達から大切な恋人へと変わっていく青春ストーリー開幕!!
定価:760円(税抜)
©Nekokuro

BRAVENOVEL
ブレイブ文庫

子犬を助けたらクラスで人気の美少女が俺だけ名前で呼び始めた。「もぅ、こーへいのえっち……」2

2023年4月25日　初版発行

著　者　　マナシロカナタ

発行人　　山崎　篤

発行・発売　株式会社一二三書房
〒101-0003 東京都千代田区一ツ橋2-4-3
光文恒産ビル
03-3265-1881

印刷所　　中央精版印刷株式会社

■作品の感想、ファンレターをお待ちしております。

■本書の不良・交換については、メールにてご連絡ください。
株式会社一二三書房　カスタマー担当
メールアドレス：support@hifumi.co.jp

■古書店で本書を購入されている場合はお取替えできません。

■価格はカバーに表示されています。

■本書は小説投稿サイト「小説家になろう」(https://syosetu.com/)に掲載された作品を加筆修正し書籍化したものです。

ISBN 978-4-89199-958-2 C0193